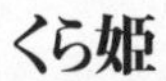

出直し神社たね銭貸し

櫻部由美子

角川春樹事務所

目次

出直し神社たね銭貸し
くらら姫

第一話

お蔵茶屋の女店主へ
――たね銭貸し金八両也

「まったく、あんたも間の悪いお人だ」

親爺は困りきった顔で、足しげく通って来る娘に言った。

店の外ではカラスが鳴いている。少々間抜けたその声を聞きながら、おけいは口入れ屋の親爺を見上げていた。

「朝方のことだよ。下働きの女が欲しいと言ってきたお店があってね。真っ先にあんたの顔が思い浮かんだが、入れ違いに飛び込んできた後家さんが、すぐにでも仕事をくれと頼むもので……」

朝の早い時刻なら、おけいは麹町あたりの口入れ屋を巡り歩いていた。今日に限って外神田へ来るのが遅くなってしまったのだ。

「いや本当に、ほんの数日前までは下働きを探しているお店がいくつもあったのだよ。それがどうしたものか、あんたが来た日からぱったり絶えてしまって」

　店先の売り子だったら引く手はあるのだが……と、親爺は言葉を濁しながら、娘の顔を気の毒そうに眺めた。

「――わかりました」

　みなまで言わさず引き下がったのは、自分の容姿がよくないことをおけい自身が承知しているからだ。まん丸い顔の左右に目が離れていて、口も極端に大きい。しかも十六歳にしては背が低すぎた。小さな身体で跳びまわる姿がアマガエルみたいで可愛いと言ってくれる人もいるが、店先に置いても客寄せにはならないのだ。

「次がありましたら、よろしくお願いします」

　頭を下げて店の外へ出るころには、すでに秋の日が西の空低く傾いていた。あと一軒だけ別の口入れ屋を訪ねたら、早めに今夜のねぐらを見つけたほうがいいかもしれない。

　そんなことを考えている頭の上で、『あっぽー』と間の抜けた鳴き声とともに、一羽のカラスが飛び立った。

（あれは……？）

　カラスが羽ばたく空に紙が舞っていた。何やら書き込まれている紙は、ひらひらと何度もひるがえりながら、狙い定めたようにおけいの足もとの地面に落ちた。道行く人々が誰も気にとめないことを確かめて、おけいは拾った紙の文面を読み上げた。

「手伝いを求む。〈出直し神社〉――」

数軒先の軒の上では、さっきのカラスがじっとこちらの様子をうかがっている。よく見ればカラスより小ぶりで、両目の上だけが老人の眉毛のように白い奇妙な鳥である。

まさかと思いつつおけいは歩を進め、軒瓦にのっている鳥へ話しかけてみた。

「あなたが手紙を落としたの？　出直し神社なんて聞いたことがないのだけど」

鳥は首をかしげる仕草を見せたのち、おもむろに翼を広げて飛び立ってしまった。

当たり前だ。鳥が手伝いを探しているはずがない。そう思って立ち去りかけるおけいの前方で、『ぽう』と鳴き声がした。ひとつ先の四辻へ飛んだ鳥が、屋根に止まってこちらを見ているのだ。

近づいたところで鳥は再び舞い上がり、次の辻にある店屋の看板に移った。おけいが真下まで行くと、また飛び立って次の辻でこちらを見る。何度も同じことを繰り返したのち、気づいたときには寺社地と町人地が入り組んだ下谷の一角まで来ていた。

鳥は寺院の大屋根に止まっていたが、息を切らした娘が追いつくのを見届けて反対側へ降りてしまった。おけいも大急ぎで寺院の裏通りへまわり、片側の笹藪から聞こえる鳴き声を辿って小道に入り込んだ。

笹藪の小道を抜けた先は、三方を寺院の土塀で囲まれた窪地になっていた。正面に立つ鳥居と社殿らしき建物を見れば、そこが神社のやしろであると察しがつく。

枯れ木を組み合わせた粗末な鳥居の上では、例の鳥がおけいの到着を待っていた。

「ここが出直し神社なの？」

鳥は何も答えない。首を左右にかしげ、賢そうな黒い目でこちらを見下ろすだけだ。

（もしそうだとしたら、手紙を書いた人がいるはずだわ。いくら利口でも鳥に字は書けないもの）

うまくいけば仕事をもらえるかもしれない。手紙の主を探してみようか、それともお参りだけして帰ろうか……。

迷っているおけいの耳に、突然しわがれた声が聞こえてきた。

「いつまで突っ立っているつもりだい。さっさと中へお入り」

思わず鳥を見上げても、素知らぬふりで翼を繕（つくろ）うだけだ。

「鳥がおしゃべりなどするものかね。ほら、こっちだよ」

声がするのは鳥居の向こうだった。いつの間にか社殿の扉の前に老婆（ろうば）が立っていたのだ。

「あ、あの――」

「早くおいで。もたもたしていると日が暮れちまうよ」

大袈裟（おおげさ）ではなく、秋の日はつるべ落としに西の空から消えようとしている。まだ今夜のねぐらを見つけていないおけいは、肚（はら）を決めて前へ進み出た。

「お入り」

老婆にうながされるまま、雨ざらしで傷んだ階段を上がる。朱塗りの剝（は）げた社殿も階段と同じくらい古びており、そこでおけいは〈御祭神・貧乏神〉と書かれた額があることに気づいて驚いた。

「ここは出直し神社ではなかったのですか」

かっかっかっ、と乾いた声で老婆が笑った。

「出直し神社で間違いないよ。たいがいの連中は貧乏神社だと思っているがね」

老婆は笑いながら社殿の扉を開けた。外から見れば小さな建屋だが、内側は思いのほか広く感じられた。

「ここにお座り」

祭壇を背にした老婆の前に、おけいはちんまりと畏まった。改めて向き合うと、極端に背の低い自分ほどではないが、老婆もかなり小柄だった。薄くなった白髪を頭頂でちょこんと結び、秋も深まったというのに生成りの帷子を着ている。小さな顔は皺深く、右の目玉は白く濁っていた。もうあの目は見えていないのだろう。

「さて、手始めにその手紙をどこで拾ったのか聞こうかね」

おけいは神田明神前にある口入れ屋の店先だと答え、手の中でくしゃくしゃになった紙を老婆に差し出した。

「場所は誰に教わったんだい」

人に訊ねたのではない。カラスのような鳥を追って辿り着いたのだと言うと、老婆は面白そうに高い声を上げた。

「おやおや、あの鳥が見えるのかい。さてはよほど貧乏神に好かれているね」

貧乏神に好かれても困る。でも思い当たるふしが山ほどあるおけいの前で、老婆は皺深い口もとをニヤリとさせた。

「おまえを案内したのは閑古鳥。いわゆる貧乏神のお使いさね。この出直し神社では、貧乏神をお祀りしているのだよ」

おけいは驚かなかった。貧乏神を祀るなど突飛なように思われるが、有名な小石川の牛天神をはじめ方々で見られる風習だ。貧乏神に酒や米を供えて機嫌を結び、『決して家には来ないでください』と祈って遠ざけるのが目的なのである。

「神さまの話はさておき、手紙を書いたのはこの婆さ」

濁った目を細めて老婆が言った。

「長らく一人でおやしろを守ってきたのだが、見てのとおり、少しばかり歳を取ってしまってね。気の利いた手伝いが欲しくなったのだよ。ところでおまえ、名はなんというのかね。歳はいくつだい」

問われるままに名前と歳を答える。

「では、おけい。おまえが十六年の人生をどのように過ごしてきたのか、この婆に聞かせておくれ」

「じんせい？」

聞き慣れない言葉におけいは面くらった。何を話すべきなのか迷っていると、老婆が重ねてうながした。

「悩むことはなかろう。おまえが生まれてから今日この神社へ至るまでの道のりを、正直に話せばよいだけさ。時間は気にしなくていいよ。今夜はここに泊めてやるから」

おけいに帰る家がないことはお見通しらしい。それだけではない。老婆の左目がこちらを見つめていた。白濁した右目と違って、漆黒の泉のように底しれない瞳は、進んで口にしたくないことや、忘れてしまいたいことまですべて見透かしているようだ。

「うまくお話しできるかわかりませんが……」

おけいは暗くなった室内に老婆が火を灯すのを待って、自分の生い立ちを語りはじめたのだった。

●

出直し神社に来て十日目の朝のことである。神無月も晦日となり、霜柱が土を持ち上げるまで冷え込んだなかを、おけいは白い息を吐きながら水を運んでいた。水瓶が満たされるまで井戸と軒下を往復し、次に雑巾を絞って床板を拭く。ささやかな社殿の掃除は、すみずみまで念入りに磨いても小半時ですんでしまう。

おけいを雇ってくれた老婆は、社殿の奥で祝詞を唱えていた。祭壇の上に鎮座しているのは貧乏神だ。木っ端に目鼻を描いただけの御神体は、着物代わりに白い御幣をまとっている。老婆の言葉を信じるなら、粗末な造りこそ貧乏神にふさわしいのである。

おけいは自分の雇い主の名前を知らなかった。

『決まった名前などないね。ここでは〈うしろ戸の婆〉と呼ばれているが、おまえの好きなように呼べばいい』

神社で迎えた最初の朝にそう言われた。さすがに〈うしろ戸の婆さま〉では長すぎるので、感謝の気持ちを込めて〈婆さま〉と短く呼んでいる。

「婆さま、今朝は何を買ってまいりましょうか」

扉を開けて訊ねると、うしろ戸の婆は祭壇を向いたまま答えた。

「おまえの好きなものでいいよ」

手伝いを始めてからというもの、同じ返事が続いている。

おけいは手提げ籠を持ち、笹藪の小道を抜けて近くの門前町へ向かった。朝早くから店を開けている煮売り屋で、握り飯と炙った目刺し、それに刻んだ青菜の漬物を買う。これで朝飯の支度はすんだようなものだった。

出直し神社では煮炊きをしない。うしろ戸の婆に言いつかった用といえば、今のところ水汲みと掃除、三度の食事の買い出しだけだ。

（こんな楽な仕事でいいのかしら……）

楽なことを心苦しく思うくらい、おけいは休みなく働いて己の身を養ってきた。

生まれは神奈川宿に近い農村である。裕福な村役人を父親に持ちながら、生まれてすぐ里子へ出された。母親が不義を働いてできた子だったからだ。罪のない赤子を引き取ったのは、品川宿で小さな飯屋を営む夫婦だった。子のない夫婦はおけいが八歳になるまで慈しんで育て、どちらも流行り病で若死にした。

おけいの不運はここからが本番だった。最初は同じ品川の蒲鉾(かまぼこ)屋で奉公を始めたが、江戸店へ移された直後に店がつぶれた。次は子守り娘として染物屋に奉公した。ところが働きはじめてすぐに内儀(おかみ)が赤子を連れて里へ帰ってしまった。その次は宿屋の下働きとして雇われたが、ここは大勢の客が食あたりになる不始末で店を畳んだ。その次に奉公した廻(かい)船問屋(せんどんや)は、持ち船が嵐で沈んでしまう不幸に見舞われ、次の呉服屋では旦那が傾城(けいせい)に入れ揚げた挙句(あげく)、店を人手に渡してしまった。

（わたしには貧乏神が憑(つ)いているのかもしれない……）

そんな不安を振り払うように、おけい自身はどこへ行っても懸命に働いた。小柄で器量がよくないことを埋め合わせようと、誰よりも早く起き、誰よりも遅くまで走り回った。それでも行く先々で頼みのお店が傾くたび、自分が不幸を運んだように思えて消え入りそうな気分になるのだった。ところが――。

『なんと、めでたい話じゃないか。貧乏神に相応(ふさわ)しい娘を閑古鳥が連れて来たわけだ。まさしく神さまのお引き合わせだよ』

不運続きの生い立ちを聞いたうしろ戸の婆は、上下一本ずつしかない前歯を見せて笑い飛ばした。

『安心おし。いかな貧乏神でも、自分をお祀りした神社までつぶしたりはしないからね』

出直し神社へ来たのはよい巡り合わせだ。そう請け合ってもらえただけで、おけいの心は軽くなった。

今もそのときのことを思い出し、藪の小道をぴょんぴょん跳ねながら神社へ戻ると、社殿の前に見慣れない女物の草履がそろえてあった。朝から客が来ているらしい。

貧乏神を祀る神社に氏子はいない。参拝客のほかに一人か二人、多い日で三人ほどの客が来て、うしろ戸の婆に打ち明け話をする。話を聞いた婆は、穴の開いた琵琶を振って、転がり出た銭を客に授ける。出直し神社では〈たね銭貸し〉をしているのだ。

たね銭とは、商いなどを始める際の元手となる縁起のよい金のことである。寺社などで少額の銭を貸し付け、借り手は一年後に倍の額を返すのが習わしとされている。

おけいは社殿の階段を上がり、朝飯の入った籠を縁側に置いて屈み込んだ。閉めた扉の向こう側からは、若々しい女の声が聞こえてくる。

「――いいえ、私の考えが甘かったのです。深く考えもしないで商いを始めた挙句、早々に店を畳んでしまって……。本当に恥ずかしい思いをいたしました。でも、まだあきらめてはおりません。この失敗を戒めとして、お茶屋を立て直したいのです」

歯切れのよい女の声に、しわがれた声が答える。

「あんたの請願はわかったよ。けど、その前に――」

聞くつもりもなしに聞いていたおけいの後ろで、内側から社殿の扉が開けられた。

「あっ、婆さま」

「戻っていたのなら、さっさとお入り」

頬を赤らめて中に入ったおけいの目に映ったのは、古ぼけた神社に似合わない鮮やかな小袖姿の女だった。

（なんて綺麗な人だろう）

おけいは左右に離れた丸い目を見開いた。

女は長い睫毛に縁どられた美しい目をしていた。色白で鼻筋が通り、口角がきゅっと上がっている。歳のころは二十七、八。大年増ではあるが、町を歩けば十人の男が十人とも振り返るにちがいない。

（大店のご新造さんかしら、それともお武家の奥方か……）

かたちよく結い上げられた笄髷や、身にまとった総模様の着物に見とれていると、祭壇の後ろに引っ込んだ婆の声が飛んだ。

「ぼんやりしてないでご挨拶したらどうだい」

「はいっ。ようこそお参りくださいました」

ぴょこんと座ってアマガエルのようにお辞儀をする娘へ、客が優しげな笑みを向ける。

「はじめまして。妙と申します」

微笑んだ顔は一段と美しい。見た目が綺麗だと名前まで綺麗に聞こえるのだから不思議なものだと、おけいは感じ入った。

「お妙さんは紺屋町の古蔵を買い取って、〈くら姫〉というお茶屋を営んでいたそうだよ」

「お蔵茶屋〈くら姫〉……」

言葉の響きだけでも、目の前の女店主に相応しい洗練された店であることが知れる。

「ただし、あっという間に店を閉めることになってしまいましたが」

恥ずかしそうにお妙が明かした。開店当初こそ珍しがって来てくれた客が日を追うごとに数を減らし、とうとう一人も来なくなったのだという。

「ひと月近く、お客のいない店蔵の中で考えました。結局は自分のやり方が間違っていたのだと悟りましたが、もう一度やり直すためには、少しでも資金が残っているうちにいったん店を閉めるしかありませんでした」

二度目の失敗が許されないお妙は、人づてに縁起がよいと聞いた出直し神社のたね銭を授かりに来たのだった。

「では、始めようかね」

婆が祭壇の前に現れた。なりは普段と同じだが、とてつもなく古ぼけた琵琶を手にしている。ご神体の前に琵琶を寝かせて祝詞を上げ、たね銭を振り出すのである。

おけいはこの奇妙な儀式をすでに何度も目にしていた。年代物の琵琶の底にはネズミに齧られた穴があって、そこから転がり出るのはほとんどが一文銭だ。たまに小粒銀や一朱金が飛び出すこともあったが、なぜ借り主によってたね銭の額に違いがあるのか、おけいにはわからなかった。なぜなのかと訊ねても、お婆は笑うだけだ。

今日もうしろ戸の婆は短い祝詞を読み終えると、借り主の前に進み出て琵琶を振った。

（一文銭か、小粒銀か。それとも一朱金か――）

息を呑んで見守っていたおけいは、自分の目と耳を疑った。

きらびやかな音色とともに琵琶の穴から出て来たのは、なんと黄金色(こがねいろ)をした小判だった。しかも一枚ではない。八枚の小判が次々と穴からこぼれ出し、お妙の前に散らばった。

「これは――」

お妙も驚きを隠せない様子である。うしろ戸の婆だけが淡々と小判を拾い集め、きれいに揃えて借り主の膝もとに押し出した。

「あんたのたね銭だ。持ってお行き」

持って行けと言われても、お妙は簡単に手を伸ばさなかった。それもそのはず。神社のたね銭はそこらの金貸しとは違い、カタも証文もいらない代わり、借りた額を一年後には倍にして返さなくてはならないのだ。

「神さまが出したお金だ。断ることはできないよ」

それでもお妙が受け取れずにいると、婆は少し口調を和らげた。

「よけいな心配はおやめ。今のあんたに倍返しの十六両は重かろうが、貧乏神は勘定高いからね。戻るあてのない金など貸さないし、必要のない者に大金を貸したりもしない。せいぜい縁起物の一文銭を授けるだけさ。いいかい、あんたは見込まれたのだよ。八両の元手を貸せば必ず倍にして返す。それだけの商いをする女店主だってね」

傍(かたわ)らで聞いていたおけいも得心(とくしん)した。たね銭の額が人によって違うのは、貧乏神の見立てによるものだったのだ。

八枚の小判を前に思案していたお妙は、やがて居住まいを正して頭を下げた。

「出直し神社の神さまに見込んでいただいたとあれば、引き下がるような真似はいたしません」

たね銭が女店主の手に渡り、錦の巾着に収まるのを見届けると、うしろ戸の婆は満足そうにうなずいた。

「いい覚悟だ。ついでにもうひとつ、あんたに預けたいものがある」

何でしょうか、と小首を傾けるお妙の前で、うしろ戸の婆は自分の隣に控えるおけいに目をやった。

「この娘だよ。お蔵茶屋に立て直しの目途がつくまで、あんたの相談相手として貸してやろう」

思いがけない申し出に、お妙はもちろん、おけいもびっくりした。

「そんなに驚く話じゃない。見た目は子供でも、おけいは世故に長けた娘だからね。きっと役に立つと思うよ」

呆気にとられる二人に、うしろ戸の婆は笑いを含んだ口調でつけ加えたのだった。

冷たい川風が吹く筋違橋の上を、目にも綾な小袖姿のお妙が歩いていた。その後ろから竹籠を提げてちょこまかついて行くのは、小柄なおけいである。

「お妙さま、おみ足は痛くありませんか」

「大丈夫。神田川を歩いて渡るのは久しぶりです」

迎えの駕籠に乗って出直し神社を離れたお妙だが、下谷の御成り街道を過ぎたあたりで降りてしまった。たまに歩いてみたくなったと言うが、黒縮緬に菊やら葡萄やら桔梗やらを染め抜いて、金銀色糸の刺繡まで加えた小袖は、裾を端折って帯に挟んでいるとしても下町を歩くには重すぎる。途中で足が痛くなるのではないかと、おけいは心配で仕方がないのだが、お妙は冷たい川風に頰をなぶらせながら振り返った。

「それより、お話の続きを聞かせてくださいな。呉服屋さんが人手に渡ったあとはどうしたのですか」

訊ねているのは、おけいが奉公してきたお店のことだ。お妙は駕籠から降りるやいなや、自分の相談相手となった小娘のことを詳しく知りたがった。

「あとは小間物屋と造り酒屋で半年ずつ働いて、最後に雇ってくださったのは、お店ではなくお武家のご隠居さまでした」

武家の老女は一年後に他界してしまった。それから口入れ屋を訪ね歩き、閑古鳥に導かれて出直し神社まで辿り着いたのだった。

「えっ、閑古鳥？」

うっかり口を滑らせたおけいが、あわてて言い直す。

「間違えました。カラスです」

常人には見えない鳥だから人前で閑古鳥の話をしてはいけないと、うしろ戸の婆に言われていたのだ。

じつは、もうひとつ言い聞かされたことがある。いきなり相談相手を命ぜられ、戸惑いながら神社を出ようとするおけいの耳もとで、婆がこっそりささやいていた。

『いいかい、よくお聞き。今からおまえが行くお茶屋の古蔵には、さまざまなものが押し込められている。それらをすべて解き放ってから帰ってくるのだよ』

思えば奇妙な話だった。蔵にものが詰め込まれているのは当たり前で、それを解き放てとはどういうことだろう。うしろ戸の婆はお蔵茶屋へ行ったことがあるのだろうか……。

考えながら歩くうち、いつの間にか紺屋町まで来ていた。江戸中の商家を何軒も渡り歩いたおけいだが、まだこの界隈で奉公したことはなかった。

行き着いたのは、武家地と町人地の境目にある裏通りだった。町屋敷の横を水路が流れ、黒い外塀の際から生えた柳の木が、黄色い枝葉を水面に映している。静かで趣のある町並みだが、本当にお茶屋があるのか疑わしくなるほど人通りは少ない。

「ここを渡ります。足もとに気をつけてね」

お妙が水路に架かる小さな板橋を渡る。後に続いたおけいが黒塀に掛けられた行灯に目を向けると、そこには流れるような文字で〈くら姫〉と書いてあった。

塀の戸をくぐったおけいは思わず息を呑んだ。広い前庭の向こうに建っているのは、まぶしいほど真っ白な蔵だった。地面から腰の高さにかけて海鼠壁が施され、ほかはすべて純白の漆喰で仕上げられている。古蔵だと聞いていたが、最近建ったばかりのようだ。

「大きくて綺麗なお蔵ですね」

「十年以上も放置されていたものを、店蔵として使えるように手を入れたのですよ」

お妙は前庭を突っ切ると、まだ普請を終えて三か月も経たないという蔵の入口に立った。ぶ厚い外扉を引き、内側の板戸も開けて手招きする。

遠慮がちに中を覗いたおけいは、再び感嘆の声を上げた。手前の土間も広いが、その奥の座敷はもっと広い。ざっと見渡しただけで畳の数が二十枚。二階座敷まであるのか、梯子のような階段もついている。

「広いだけで何もないでしょう。店で使っていた道具類は、お隣の骨董屋さんに預けているのです。さあ、上がって――」

おけいは歯の磨り減った下駄を脱ぎ、お妙に続いて奥へ進んだ。南北の窓が開け放された座敷は、思いのほか明るいだけでなく、風が吹き抜けて心地よい。

「疲れたでしょう。少し休憩しましょうか」

いきなりお妙が畳に座り込んだ。おけいは平気だったが、お妙から少し下がったところにおとなしく座った。

「久しぶりに歩いたせいかお腹がすきました。でも、お昼まで間がありそうですね」

意外に天真爛漫な性分なのか、足を投げ出したお妙が腹をさすっている。

「でしたら、これを召し上がりませんか」

おけいが思いついたのは、それまで持ち歩いていた竹籠だった。中には今朝の買い出しの品が入っている。あとで食べるようにと、うしろ戸の婆が持たせてくれたのだ。

「お妙さまにお勧めできるようなものではありませんが……」

「あら、嬉しい！」

お妙は大喜びで、竹の葉に包んだ握り飯を受け取った。

「炙った目刺しも美味しそう。お漬物は青菜ですね。それもいただいていいのかしら」

差し出されるつましい朝飯を、お妙は次々と口へ運んだ。錦絵から抜け出したような美女に食いしん坊の一面があると知って、おけいは急に親しみを覚えた。

「いけない、私一人で食べてしまうところだわ。おけいちゃんも一緒にどうぞ」

呼び捨てが当たり前だった名前を親しげに呼んでくれる。

天涯孤独のおけいはじんわりと温かな心持ちで、ひとつ残った握り飯を大きな口に頰張ったのだった。


二人が遅い朝飯を食べ終えたころ、蔵の引き戸が開いて、五十年配の女が顔を出した。

「なんですか、この汚い履物は」

土間に入るなり女が見咎めたのは、おけいの下駄だった。跳び上がる娘を目顔で抑え、お妙がのんびりした口調で言った。

「いいところへ来てくれましたね、おもん。お客さまを紹介するので上がってください」

おもんと呼ばれた女は、熟練の仲居を思わせる無駄のない動きで座敷に上がった。

「この人はおけいちゃん。出直し神社から私の相談相手として来てくださいました。しばらく居てもらうことになるので、寝間と食事のお世話をお願いします」

「まあ、お嬢さま」

おもんの顰め面に、驚きと不満の色が加わった。

「朝餉も召し上がらないでお出かけしたと思ったら……。こんな薄汚れた子供に何の相談をなさるおつもりですか」

「およしなさい。もう決めたことですし、おけいちゃんは十六歳の娘さんですよ」

これが十六――と疑わしげに見下ろされ、おけいは畳に両手をついた。

「行き届かない身仕舞いで申し訳ございません。お妙さまは相談相手と言ってくださいましたが、ここでお世話になる間は何でもいたします。掃除でも水汲みでも遠慮なくお使いください」

精一杯の口調で言ってのけ、下げたおでこが畳にぶつかる。

「あらまあ、なんてこと。お顔を上げてくださいな。このおもんは、私の実家の女中頭として長年働いてくれた人で、今では骨董屋のおかみさんなのです。怖い顔で手厳しいことを言いますけど、こう見えて優しいところもあるのですよ」

「本人を前に言うことじゃございません」

にこりともしないおもんに、お妙が極上の笑みを含んだ顔を向ける。遠慮のないもの言いは、互いの信頼が深い証しなのだろう。

「ともかく、おけいちゃんのことはよろしく頼みましたよ。いいえ、お昼は結構です。朝ご飯をすませたばかりですから」

まだ不服そうなおもんの背中を押し、一緒に土間へ下りたお妙は、自分もついて行こうとするおけいを振り返った。

「ここで待っていてください。せっかくですから茶屋のお客さまへお出ししていたように、お茶を点てて差しあげましょう」

お妙たちがいなくなると、おけいはがらんとした店蔵の中をひと巡りしてみた。まだ青さの残る畳には染みひとつなく、よほど客の入りが少なかったのだと察せられる。正面に造りつけられた床の間にも、今は立派な丸太の床柱が立っているだけだ。

ついでに階段も上がってみた。窓を閉め切った二階は昼でも暗いが、物置として使われていることはわかる。乱雑に積み重なった荷物を見上げるおけいの耳に、うしろ戸の婆の言葉が再び甦った。

『今からおまえが行くお茶屋の古蔵には、さまざまなものが押し込められている――』

婆が言うのはこの荷物のことかと思ったが、勝手に人さまのものを触ることはできない。注意深く急な階段を下りたおけいは、外へ出てお妙を待った。

蔵の前には枯草が風になびくだけの殺風景な庭が広がっている。隣の骨董屋との境にある生垣の前まで歩いたところで、おけいは草むらに切り株が隠れているのを見つけた。

「大きな木があったのね。切ってしまうなんてもったいない……」

ひとりごとのつもりだったが、近くで返事があった。

「私ももったいないと思います。でも仕方がなかったのですよ」

いつの間にかお妙が戻っていたのだ。

「もともとこの一角は料理屋の敷地でした。〈柳亭〉といって、遠方からお客さまが足を運ぶほどの名店だったのですが、自ら火元となった火事で焼けてしまったのです。奉公人が無事だったのと、近所に燃え移らなかったことがせめてもの救いでした」

そう言って傍らに来たお妙は、切り株の前で屈んだ。

「本当に見事な柳の木だったのですよ。柳亭の名前もそこから思いついたものだと聞いています。でも、火事の炎で傷んでしまって、すぐに切り倒されたそうです」

おけいも膝を抱え、切り株の焼け焦げた跡を見つめた。

「蔵が焼けずに残ったのは、この柳が身を挺して守ってくれたのだと私は思っています」

労うように、お妙は何度も切り株をなでさすった。

「もしかして、柳亭というのはお妙さまの……」

お妙の顔が寂しげにうなずく。

「私の実家です。両親は火事で亡くなりましたが、私はその前からお大名家の奉公に出ていて難を逃れました」

それで腑に落ちた。武家風に結った笄髷や、町方の者には豪奢に思われる着物は、みな御殿女中をしていたころの名残なのだ。わざわざ古蔵に手を入れて茶屋にしたのも、栄えていた当時の実家を偲ぶ、ただひとつの場所だからだろう。

「どうしたのだね、そんなところに屈み込んで」

すぐ近くで男の声が上がった。二人がそろって顔を上げると、隣家の垣根の向こう側につるつる頭の老人が立っていた。

「ははあ、さては珍しいカタツムリでも這っているのかな」

からかうような口ぶりに、お妙が笑いながら返す。

「大きなカタツムリなら目の前に立っていらっしゃいます」

おお、そうだった、と微笑した男は、お妙の後ろに控える娘に目を向けた。

「あんただね、出直し神社から来た相談相手というのは」

「おけいと申します」

頭を下げる小娘に目顔でうなずいて見せると、禿頭の老人はいったんその場を離れた。

「今のお方は、隣の〈味々堂〉さんのご店主で、蝸牛斎さまとおっしゃるのです」

マイマイも蝸牛もカタツムリを指す言葉である。

蝸牛斎がおもんの亭主であることや、お妙が味々堂に身を寄せていることなどを聞かされるうち、垣根をまわり込んだ蝸牛斎が再び二人の前に現れた。その後ろには茶釜や水差しなどを大事そうに抱えた奉公人が続き、ぞろぞろと蔵の中へ入って行く。

「預けていた茶道具を運んでもらうようお願いしたのです。さあ、私たちも行きましょう」

蔵座敷の奥には炉が切ってあった。味々堂の奉公人たちが下がったあとも、蝸牛斎だけはその場に残って炭を熾しはじめた。お妙が道具類の塵を払って定位置に並べ、すべての支度が整ったころ、茶の心得などあるはずもないおけいまで蝸牛斎の横に座らされた。

「気楽にしてください。正式な茶会ではないのですから」

そこから静かな時間が流れた。お妙の白い指がしなやかな動きで柄杓を使い、茶碗を清め、茶筅をまわすさまを、おけいは夢見るような心持ちで眺めた。先に出された干菓子は、蝸牛斎に倣って懐紙の上で割って口に入れた。

（美味しい。お菓子ってこんなに甘いものだったんだ……）

里親が亡くなってからというもの、おけいが甘い菓子にありつく機会などなかった。口の中にとけて沁み入る甘さは、何ものにも代えがたい至福の味に思われた。

「少しおしゃべりをしてもよろしいでしょうか。おけいちゃんに〈くら姫〉のことを話しておきたいのです」

点前途中のお妙がうかがいをたてる。

「かまわないよ。わしもそのつもりで相伴しているのだから」

音をたてて薄茶を飲み干した蝸牛斎は、自らお妙の茶屋について語りはじめた。

「このお嬢さんはね、御殿奉公から戻って焼け残った実家の蔵を見るなり、ここでお茶屋をやりたいと言い出したのだ。いやはや、せっかちな人で困ったよ」

柳亭の跡地は御上に没収されてしまったが、町名主の預かりとなっていた蔵だけは一人娘のお妙に引き渡された。お妙は御殿奉公で貯めた金子を使って、ひと月足らずのうちに煤(すす)けた古蔵を美しい店蔵へと甦らせたのだった。

「わしも、おもんも、そんなに慌てることはないと思った。もっと時間をかけて商いのやり方を覚え、段取りを踏んだうえで店を開ければいいと言ったのだが、この人は聞き入れなかった」

聞く耳を持たないまま店を開け、その結果が惨憺(さんたん)たるものだったというわけだ。

「一服(いっぷく)召し上がれ」

お妙が膝の前に置いた茶碗を、おけいは両手で包むように持ち上げた。初めて飲む抹茶は、話に聞いていたほど苦いと感じなかった。

「こんなふうに、私が炉の前で点てたお茶を、お客さまにお出ししていたのです。蔵の中で楽しいひとときを過ごしていただくために知恵を絞ったつもりでしたが、いざ商いを始めてみると、考えも及ばないことが次々と起こりました」

本来の薄茶点前では、亭主がひとつの茶碗を繰り返し清めて数人の客に茶を出す。そんな悠長なやり方が通用しないことくらいは、商いに不慣れなお妙でも承知していた。

「お運びの娘さんを二人雇い、茶碗もある程度の数を買っておきました。それで十分だろうと高を括(くく)っていたのです」

十分でなかったことは店開きの当日に知れた。まったく茶碗の数が足らなかったのだ。ほとんどの客が自分のもとに運ばれた茶を一気に飲まないことに原因があった。腰を据えて味わいたい気持ちはわかるが、それでは茶碗を下げて次に使うことができない。とうに干菓子を食べてしまった客が、茶を出すのが遅すぎると怒り出したのも当然だった。あまつさえ四十文も払ったのだから、もっと溢(あふ)れるくらい抹茶を注いでくれと、耳を疑いそうな注文をつける客までいた。

「あれは仕方がないわな。珍しがって〈くら姫〉に来た男連中は、茶事(ちゃじ)の約束ごとなど知らない者ばかりだったのだから」

座敷のあちこちから怒鳴り声が上がる混乱ぶりを思い出し、蝸牛斎が低くうなった。

「怒鳴られている間はまだよかったのです。そのうちお客が来なくなり、翌月にはお運びの娘さんたちに暇を出さなくてはなりませんでした」

袱紗(ふくさ)をさばく手を止めてお妙が言った。有名料理屋のお嬢さまとして育ち、浮世を隔てた大名家の奥で十四年もの歳月を過ごした身には、茶屋に来る客が何を求めているのかがわからなかったのだ。

「そんな世間知らずの私に、神さまは八両ものたね銭を貸してくださいました。このお取りはからいに報いるためにも、浅はかだった自分を改めたいと思います。そして今度こそ、商いの方法を十分に考えたうえで店を開けるのです。一年後には倍額の十六両をきっちりお返しできるように」

たね銭を受け取った以上、もう後戻りはできない。お妙は肚(はら)を括ったのだ。その白い手が袱紗を握りしめていることに気づいたおけいも、身が引き締まる思いがした。

（わたしは茶の正しい飲み方すら知らない。でも、町衆の気持ちならわかる）

出直し神社から遣わされた者として、お蔵茶屋の再建に力を尽くそうと心に決めたのだった。

●

おけいは真っ暗闇の中で目を覚ました。たとえ暗くても今が明け方だということはわかる。思ったとおり、手探りで開けた窓の向こうには、白みはじめたばかりの空が広がっていた。

明け六つ（午前五時ごろ）の鐘の音を聞きながら身支度をすませると、畳んだ夜具を隅に寄せる。昨夜から蔵の二階がおけいの住処となったのだ。

『物置などで寝るのは侘しくありませんか』

お妙は自分が寄宿している味々堂の部屋で休むように勧めた。

『平気です。わたしはすぐ眠ってしまう性質ですから』

今までも奉公先が見つからないときは、お寺の軒先を借りて寝ていた。蔵をひとり占めしたうえに、暖かい夜具を使って眠るなど贅沢なくらいだ。なにより物置で寝起きするのは、うしろ戸の婆に言いつかったお役目のことを考えれば都合がよかった。

日が昇るにつれて二階の様子がつまびらかになった。おけいが寝間として使うことになった物置には、大小の木箱がいくつも積み上げられている。その奥にもうひとつ畳敷きの座敷があり、ふたつの部屋は頑丈な格子の間仕切りで隔てられていた。格子の向こうに見える畳座敷はきれいに片づけられ、大きな長持がひとつあるだけだ。

（そのうちお妙さまにお願いして、荷物の中を見せてもらおう）

急な階段を下り、裏庭にある井戸で顔を洗う。この井戸は昧々堂と共同で使っているもので、下男らしき男が水を汲み上げては台所との間を往復している。おけいも一緒に水を運び、台所女中の仕事を手伝った。

朝一番の仕事が終わると、奉公人たちが台所の板の間に集まった。おけいも末席について朝餉を食べながら、一同の顔ぶれをこっそり見渡した。上座におもんが座っているが、店主の蝸牛斎とお妙の姿が見当たらない。

「旦那さまとお妙さまは、奥の座敷で召し上がるんだよ」

きょろきょろするおけいの耳もとで、台所女中がささやいた。

「おかみさんは元が女中頭だったものだから、今でも朝餉だけは奉公人と一緒に台所ですませるのさ。ご覧、あの怖い顔であたしらに目を光らせているのだよ」

うっかり向けた目が、おもんのきつい目と合ってしまった。慌てて下を向いたおけいに、機嫌の悪そうな声が飛んでくる。

「無駄話をする暇があったら、もっとご飯をお食べ。今からだって背が伸びるかもしれないんだから」

台所女中はあたふたとお櫃を引き寄せ、おけいの空になった飯茶碗におかわりをよそってくれた。

味々堂の商いが始まる前に、おけいは蔵へ引き上げた。誰に命じられたわけでもなく座敷の塵をほうきで掃き出し、二階の板の間と階段を雑巾で水拭きする。それが終われば、今度は外の掃除だ。殺風景な庭へ出て、隣家から吹き寄せられた落ち葉を拾い集めていると、おけいの頭の中をある考えがよぎった。

（ここを通ったお客さまは、どんなふうに思っただろう――）

植木の一本もない庭はくすんだ枯れ野原だ。店蔵に入る前から興醒めした客もいたのではないだろうか。

もし自分が一杯の茶に四十文も取る茶屋の客だとしたら、打ち水がされた飛石の上を歩いて店に入りたい。茶を飲むついでに美しい庭を見れば得した気分になるし、季節の花でも咲いていたら、何度も足を運びたくなるかもしれない。

そんなことを考えているところへお妙がやって来た。

「おはようございます」

「おはよう、おけいちゃん。昨夜はよく眠れましたか」

お妙は小袖の褄を取って優雅に歩み寄った。朝から髪結いを呼んだのか、高々と結い上げられた髷から髪油の香りが漂ってくる。

芳しい香りをかぎながら、おけいは思いついた庭の話をしてみた。

「四季の花が咲く庭園……？」

お妙が今初めて見るかのように、殺風景な前庭を見渡す。

「そうです。緑ゆたかなお庭を歩きまわることができれば、町の人たちも行楽気分を味わえます。ことに女の人は誘い合って足を運んでくれるのではないでしょうか」

おけいの言葉に、どうして今まで気づかなかったのかしら、と、お妙の口からつぶやきがもれた。

「私は不束者ですね。立派な店で美味しいお茶を点てれば、それだけでお客が来てくれる。庭の手入れなど後まわしでいいと考えていたのです。ああ、でも本当によいことを思いついてくれました。うしろ戸さまがよこしてくださっただけのことはあります」

庭の真ん中へ走り出たお妙は、両手を広げて子供のようにくるくる回った。

「ここに桜を植えましょう。枝垂れ桜と里桜。秋に紅葉する楓は塀ぎわに植えて、北側には椿がいいかしら。松と梅も忘れてはいけませんね。ほら、おけいちゃんも一緒に考えてくださいな」

お妙はすぐにも植木を買いに走りそうな勢いで、あんな花はどうだろう、こんな草もいいかしらと、思いつくままに木や草花の名前を挙げては、おけいに意見を求めてくる。

ひと回りも年上なのに幼女のような一面があるお妙と、花盛りの庭を夢見るひとときは楽しかった。しかし、おけいは大事なことに気づいていた。自分は庭仕事について何も知らない。お妙に至ってはヘチマの苗すら手にしたことがないはずだ。

どうしたものかと考えているところへ、外塀のくぐり戸が風もないのにカタカタ鳴りだした。

「――何でしょうか」

おしゃべりに夢中だったお妙が、扉に顔を向けて声をひそめた。

「誰か、来たみたいです」

わずかに開いた戸の隙間から人が覗いている。どう考えても怪しいふるまいだ。

おけいは塀に走り寄ると一気に戸を引き開けた。

「なんのご用ですかっ」

「うわあ、すまねぇ。怪しい者じゃないんだ。昔ここで働いていたものだから、近くまで来たついでというか、なんというか……」

しどろもどろの男が怪しい者でないことはすぐわかった。日に焼けた手に天秤棒を持ち、足もとには万年青や石蕗などの鉢植えを入れた箱が置いてある。

「もしかして、棒手振りの植木屋さん？」

男がうなずくのを見たおけいは、嬉々とした顔で庭を振り返った。

「お妙さま、植木売りの人が来てくれましたよぉ」

「あらまあ、なんて間のよいことでしょう」

お妙も愉快げに声を上げて笑っている。

「そのままお通ししてくださいな。植木を見せてもらいますから」

許しを得た棒手振りの男は、前後に箱をぶら下げた天秤棒を担いで戸をくぐった。神妙な面持ちで商売物を取り出しながら、ちらちらお妙の顔に視線を走らせている。

美しい顔を見られることに慣れているのか、お妙は気にする様子もなく、目の前に次々と並べられる鉢植えを眺めた。

「今日お持ちなのは鉢物だけですか？」

へい、と答えて植木売りは頬かむりしていた手拭いを外した。お妙と同じ歳のころで、意外にも目もとの涼しい二枚目である。

「大抵、鉢植えを売り歩いていますが、お望みでしたら切り花も仕入れてまいりやす」

どんな花が入り用かと訊ねられ、お妙はその場で注文を始めた。

「欲しいのは庭木です。桜と、梅と、楓と、柳。それに立派な松の木もあったほうがいいわ。あとは何だったかしら……。とにかくここを庭園らしくしたいので、いろいろと持ってきてくださいな」

植木売りは口をぽかんと開けて聞いていたが、やがてお妙に念を押した。

「ご注文はありがたいのですが、持ってきた木はどうなさるのですかい。まさか、ご自分の手で植えるおつもりではないでしょうね」

「そのつもりですけど」

いけませんか、と小首をかしげる真面目くさった顔に、若い植木売りは堪え切れない体で吹き出した。

「いや笑ったりして申し訳ない。堪忍してください。でも、その細腕で庭木を植えるなんて無理ですよ。小さな苗木をお持ちしますから――」

「それでは困ります」

せっかちなお妙が話の半ばで答える。

「なるべく早く、できるなら年明け早々に店を開けたいのです。苗木から育てていたのでは間に合いません」

「お店の前庭ですかい……」

今は何もない庭を見まわす男に、お妙は自らの計画を話して聞かせた。傍で聞いていたおけいも、年明け早々に店を再開させたいという女店主の心積もりを初めて知った。今日が十一月の一日だから、開店まで二か月しかないということになる。

「だったら庭造りの得意な植木屋に任せたほうがいいな」

ただの暇つぶしではないと知り、植木売りが真面目な顔で言った。

「客を蔵の入口まで歩かせるのに飛石がないのはまずい。雨の多い時期は足もとがぬかるんでしまうし、庭としての品も下がる。それにこれだけの敷地なら、素人が考えるよりもっとたくさんの植栽が入り用ですよ。人の背丈より高い木も植えたほうがいいし、とても女の手に負えるものじゃありません」

「………」

お妙とおけいは顔を見合わせた。自分たちの頭で思うほど、庭園造りは簡単な作業ではないようだ。

「植木屋さんにお願いすれば、二か月で仕上がりますか？」

「大丈夫だと思いますが……」

男は少し言いにくそうにした。

「もっと別の心配があります。庭造りは金がかかるんですよ。植木や敷石の仕入れ代とは別に、職人の手間賃も馬鹿になりませんからね。このお庭の広さだと、少なく見積もっても二十両は下らないでしょう」

「に、二十両！」

お妙はもちろん、おけいは目玉が飛んでいきそうなほど驚いた。じつはそれでもまだ安いほうで、金満家の趣味人が依頼する庭ともなれば、百両を超えることもざらだという。

美しい庭で客を喜ばせようと意気込んだのも束の間、すっかり毒気をぬかれた二人の前で、植木売りが遠慮がちに申し出た。

「あの、もしよかったら、俺にこの庭を任せてもらえませんか」

「任せる？」

顔を上げたお妙に、男は頬を紅潮させて言った。

「じつは俺、少し前まで植木職人だったんです。わけあって棒手振りをしていますが、世話になった親方から庭のことはひととおり教わりました。自分で言うのもおこがましいが、腕にも自信があります」

もし任せてもらえるなら、自分の手間賃はわずかでいい。植木を扱う問屋とは懇意だから、買い得な苗木を選んで仕入れることができるし、石屋にも伝手(つて)がある。きっと相場の半値以下で間に合わせてみせる。そう熱を込めて男は口説いた。

〈くら姫〉にとってはありがたい話だった。むしろ都合がよすぎることに不安を覚えて、おけいはそっとお妙を盗み見た。

「返事の前に、あなたのお名前と在所を聞かせてください」

せっかちなお妙も、ここは慎重になると決めたようだ。

「こいつは失礼しました。佐助(さすけ)といいます。染井(そめい)村の井筒屋(いづつや)って植木屋で十二年ほど修業して、今は源平(げんぺい)長屋に住んでいます。ご心配なら聞き合わせていただいて結構です」

決して謀(たばか)る意図はないという佐助の言葉を聞いて、お妙は傍らに控えるおけいを見下ろした。

「どうです。お任せするべきでしょうか」

おけいは驚いた。なぜこんな大事を自分に訊ねるのだろう。

「あなたは出直し神社から遣わされた相談相手です。この佐助さんに庭造りをお任せしてよいかどうか、考えを聞かせてください」

口もとに笑みを浮かべているが、お妙の目は真剣そのものだった。佐助と名乗った植木売りも息を呑んで返答を待っている。迷った末に、喉(のど)を詰まらせながらおけいが答えた。

「わ、わたしは、佐助さんがいい人のように思います」

とんとん拍子にことが進みすぎるのは怖い。ただ初冬だというのに顔から指先までまっ黒く日焼けした男が、陰陽向のない働き者であることは信じてもいいと思った。

「わかりました」

的外れの返事だったにもかかわらず、お妙は大きくうなずいて佐助のほうを向き直った。

「佐助さん、あなたに〈くら姫〉の庭をお任せします。明後日にでも改めて来ていただけますか。詳しい取り決めを交わしましょう」

佐助は顔を輝かせ、お妙に何度も礼を言った。そして明後日の夕方に来ると約束して帰っていった。

天秤棒を担いだ後ろ姿がくぐり戸の向こうに消えた途端、おけいは何やら不安になった。

「本当に、あれでよかったのでしょうか」

「いいのですよ。おけいちゃんは心配しなくて大丈夫」

お妙は落ちついたものだ。決めたのは自分だから、期待したとおりの庭にならなくても気にするなという。

「それに佐助さんが言うように、お庭のことを素人が考えても仕方ありません。私たちにはほかに考えるべきことが山ほどあるはずです」

きっぱりと言い切るその明快さを、おけいは好ましいと思った。商売に細かい金勘定は欠かせないが、お妙には、もっと大きな商いをしてもらいたい。

「さあ、お茶を点てながら次の策を考えましょう」

「はい」

着物の裾をさばき、蔵へ向かって歩き出す頼もしいお妙の後ろを、おけいはぴょんぴょん跳ねるようについていった。

●

紺屋町に来て三日目の朝、おけいは自分が寝起きしている蔵で、目の前の荷物をにらんでいた。

（さあ、どこから手をつけよう）

手始めに階段の横にある木箱に手を伸ばす。決して無断で開けるのではない。つい先刻、お妙の部屋に呼び入れられ、大事な仕事として任されたのだ。

『昨日は知恵を授けてくれてありがとうございました。さすが出直し神社のお使いですね。そのおけいちゃんを見込んで、ぜひとも頼みたいことがあります』

早朝からきちんと身仕舞いを整えたお妙が言った。

『蔵の二階にある荷物を確かめていただけないでしょうか。たくさんの木箱が埃(ほこり)をかぶったままになっていると聞いています。ゆっくりでかまいませんから中身を見て、何が入っていたかを書き出してもらいたいのです。――筆は持てますか』

おけいはうなずいた。前の雇い主である武家のご隠居から、仮名と簡単な漢字の読み書きを教わっている。

『では、これを使ってください』

手渡された文箱（ふばこ）には、書道具一式と帳面が入っていた。

『私自身は物置を見たことがありません。どういうわけか子供のころから蔵の急な階段を上がろうとすると眩暈（めまい）がして、足を踏み外しそうになるのです。つい先日も試してみましたが同じことでした。もしかしたら……』

ためらうそぶりを見せたお妙が、思い切るようにひと息で言った。

『私の母が蔵で亡くなったことと関係があるかもしれません』

それは初耳だった。しかし両親は十二年前の火事で亡くなったと、お妙の口から聞いた気がする。

『父と一緒に焼け死んだのは後添い（のちぞい）の継母です。実母は私が生まれて間もなく病を患い、蔵の中で養生（ようじょう）した甲斐（かい）もなく若死にしたそうです』

昨日は黙っていてごめんなさい、とお妙は詫（わ）びた。

『おけいちゃんが気味悪がってはいけないと思ったのです。でも相談相手に隠しごとをするなんていけないことでした』

その手の気味悪さなど、寺の墓石を見ながら眠ったこともある身には平気だった。うしろ戸の婆から密か（ひそか）に言いつかったもうひとつの役目を考えても、こんなに早く荷物の中を見る機会が巡ってきたのは、むしろ願ったりかなったりだ。そんな経緯があって、朝から駕籠に乗って出かけるというお妙を見送ったあとは、一目散で蔵の二階に駆け上がったのだった。

最初に開けた小さな木箱には、塗物の箸が何膳も入っていた。その下の箱には唐人柄の色絵皿が数枚。次の箱には折敷のような皿がぎっしりと詰め込まれている。

おけいは墨を磨って箱の中身を帳面に書きつけ、開けた箱には帳面に書いたのと同じ符号を記した紙を貼った。いずれ〈くら姫〉で使うかもしれないことを考え、必要な品物をすぐ取り出せるようにするためである。

木箱に収められているのは、お妙の実家の料理屋で使っていたと思われる器類がほとんどだった。有田焼の大皿や、輪島塗りの吸い物椀などのほかに、抹茶用の茶碗も出てきた。何本もの掛け軸や、何に使ったのかわからない素焼きの大甕、古風な雛人形なども見つかった。

（本当に立派な料理屋だったのね……）

御上が召し上げた柳亭の焼け跡は、火事のあった翌年には町方に下げられ、そのほとんどを味々堂の蝸牛斎が買い取ったのだと聞いている。

「ただいま戻りました」

早朝から出かけたお妙が店蔵に顔を出したのは、昼の八つどき（午後二時ごろ）を過ぎてからだった。

「お茶を淹れますから、おけいちゃんも下りていらっしゃいな」

手を止めて店座敷に下りると、火の気のない炉の向こうで茶の支度をする女店主の姿があった。茶出し（急須）が出ているということは、今日は抹茶の点前ではないようだ。

「お饅頭を買ってきたのですよ。じきに蝸牛斎さまがお湯を持って来てくださいますから……あら、それは何ですか」

おけいが抱えていたのは、物置で見つけた品物の一部だった。早くお妙に見せたくて、空き箱に移したものを持ち出したのだ。蓋付きの茶碗や、武骨な筒形の湯呑など、目の前に次々と並べられる品を手に取ると、お妙が感慨深げに息を吐いた。

「懐かしいものも、初めて見るものもあります。父が大切に仕舞っておいたのでしょう。まあ、八寸まで出てきたのですね。こんな品が残っていたとは知りませんでした」

八寸とは会席などで出される酒肴のことで、それらを盛りつける八寸角の敷皿を指す言葉でもある。おけいが茶碗と一緒に持ち出したのは、木目が見える程度に漆を刷いたものだった。

「これを折敷として使うのはどうでしょうか」

出すぎたことかもしれないと気後れしながらも、おけいは八寸の上に空の茶碗と、お妙が買ってきた栗饅頭を並べて見せた。

「こんなふうに、お茶とお菓子を一枚の折敷にのせて、そのままお出しするのです。そうすればお運びの手数が減ることになりませんか」

「お運びの手数を減らす……」

折敷を手にして立ち上がったお妙は、同じ言葉を何度もつぶやきながら座敷をひと巡りして炉の前に戻った。

「あらまあ、おけいちゃんは、なぜこんなことが頭に浮かぶのですか？」

先に菓子を出し、客が食べ終わったころに茶を出すのが、茶の湯を知る者にとって当たり前の作法だ。その手順を省くことなど、お妙は考えてもみなかったらしい。

「わしも妙案だと思うよ」

「蝸牛斎さま――」

いつ店蔵に入ったものか、鉄瓶を手にした味々堂の店主が、畳の上を摺り足で歩いてくるところだった。

「おお、栗饅頭か。さぞかし煎茶に合うだろう」

うっすら湯気の上がる鉄瓶を丸い敷物にのせると、大柄で恰幅のよい蝸牛斎も正客の席におさまった。

「さっそく折敷を試してみてはどうかね」

お妙は言われたとおり、茶碗に注いだ煎茶と饅頭を並べて折敷にのせ、蝸牛斎の前に差し出した。

「略式ですが、こんなところでしょうか」

「上々だ」

同じものがおけいの前にも置かれた。子供用かと疑うほど小さな煎茶碗でいただくお茶は、わずかひと口分の中に驚くばかりの奥深い旨味と甘味を蓄えている。それが単に喉の渇きを癒すための飲み物ではないことは、ほんの数日前まで出がらしの番茶しか知らなかった娘の舌にも感じられた。

「お妙さま。じつは朝からいろいろな茶碗を見ていて、思いついたことがほかにもあるのですが……」

二煎目の茶までしっかり味わったあとで、おけいが新たな案を切り出した。

「遠慮はいりません。思ったことは何でも言ってください」

少し前まで人の助言に耳を傾けなかったというお妙も、今は謙虚に聞く耳を持ちはじめたようである。

「前の〈くら姫〉ではお抹茶だけを出していたとお聞きしましたが、今度お店を開けるときは、お煎茶やほうじ茶もお品書きに加えてはいかがでしょう。そうすれば抹茶に馴染めない人にも来てもらえますし、値段の安いほうじ茶を置くことで、懐具合が気になる人たちでも安心して店に入ることができると思うのです」

ひと息に話し終えたおけいは、はたしてお妙と蝸牛斎が何と言うか、胸をどきどきさせながら待った。

だが二人はすぐに口を開こうとしなかった。どちらも申し合わせたように、折敷の上の茶碗とおけいを見比べている。

(どうしよう。やっぱり生意気だったかしら)

もとから小さい身体をさらに小さくして、ついには消えてなくなりそうなおけいの前に、炉をまわり込んだお妙がにじり寄った。

「なんて人なの、おけいちゃん！」

白魚のような指が、意外な強さでおけいの手を握った。

「来たばかりだというのに、次々と知恵を授けてくれて……。あなたを遣わしてくださったうしろ戸さまに、感謝しなくてはいけませんね」

蝸牛斎もしきりに禿(は)げ頭を縦に振っている。

「面白い思いつきだ。抹茶と、煎茶と、ほうじ茶。値段に幅をもたせれば客の層も広がるし、繰り返し通って三通りの茶を飲んでやろうと考える客も出てくる。——そうだ、わしもひらめいたぞ」

ぽんと手を打ち合わせた蝸牛斎は、つい先刻お妙に見せたばかりの茶碗や湯呑を持ち上げて、別々の折敷の上にのせた。

「たとえばだが、ここにある京焼(きょうやき)の薄い茶碗は煎茶用として、こちらの大ぶりな瀬戸黒(せとぐろ)の湯呑は、ほうじ茶をたっぷりと注いで客に出すことにしてはどうかね」

それらはお妙の祖父と父親が買い集めたと思われるもので、どれも玄人(くろうと)好みの品である。道具は使ってこそ生きるのだから、しまっておくだけではもったいないと、骨董屋の店主でもある蝸牛斎が声に力を込めた。

「おっしゃるとおりだと思います。よいものは惜しまず使うことにいたしましょう。それからもうひとつ、蝸牛斎さまのお知恵を拝借したいことがあるのですが……」

「おお、何かね」

亭主席に戻り、老人と向き合ったお妙が遠慮気味に言った。

「三通りのお茶を出すからには、お菓子もそれぞれに合うものを探したいのです。お抹茶には上等の主菓子を合わせるとして、お心当たりの店をお教え願えませんでしょうか」

「お安いご用だ。さっそく心当たりを何軒か紹介してあげよう。いや、あんたも忙しいだろうし、いっそ抹茶用の主菓子はわしに任せてもらおうかな」

「それは願ってもないことです。あっ、そうだわ！」

お妙が子供のように目を輝かせた。

「ここにいる三人が手分けしてお菓子を探しましょう。お抹茶用は蝸牛斎さまにお任せするとして、私はお煎茶に添える干菓子を探します。ほうじ茶用のお菓子は――」

女店主のいたずらっぽい視線が小娘に向けられる。

「おけいちゃん、あなたにお任せします」

えっ、わたしですか、と、思いがけない指名におけいは仰け反った。はたして自分などに務まる仕事なのだろうか。

「大丈夫。ほうじ茶には素朴なお団子や餅菓子が合います。まだ急いてはいませんから、お散歩のつもりで下町や門前町を探してみてください。いずれお菓子を持ち寄って、お茶と合わせて吟味しましょう」

おけいは呆気にとられた。菓子とは無縁の暮らしをしてきた者に、いくらなんでも無茶なお達しだ。だが自分の思いつきに勢いづくお妙を前に否も応もないまま、その場はお開きとなったのだった。

◉

　翌日の朝、おけいは早起きの小鳥たちより早く起き出して、昧々堂の水汲みをしていた。食事の世話を受ける以上は、命じられなくとも働くのが当然のことだと心得ている。今朝も奉公人たちの仕事を手伝ったあとで朝餉をいただき、次は蔵に戻って掃除をしようと立ち上がったところへ不機嫌そうな声が飛んできた。おかみのおもんである。

「ちょっと、あんた」

　おけいは思わず跳び上がった。

「はいっ、ご用でしょうか」

「用があるから呼んだのだよ。ああ、こっちへ来なくていい。お嬢さまがお呼びだから、今すぐお部屋へお行き。ほら、早く」

　犬の仔でも追い払うかのように、おもんは手を振った。

　ぺこりと頭を下げて歩き出す後ろから、あんな小汚い格好で家の中をうろつかれちゃたまらない、と愚痴をこぼす声が聞こえたが、気づかぬふりで廊下を進んだ。手持ちの着物は身に着けている格子柄の袷が一枚きりだ。垢じみていることはわかっていても替えようがないのである。

目指すお妙の部屋は、味々堂の屋敷と渡り廊下で結ばれた離れにあった。

「おはようございます、お妙さま」

開けた障子の向こうでは、今朝もとびきり美しい笑顔がおけいを待っていた。

「お入りなさい。一刻も早く渡したいものがあって呼んだのです」

そう言って手渡された風呂敷包みの中には、真っ白い着物と若草色の袴が入っていた。

「これは――」

「私が仕立てたのですよ」

すぐには言葉が出てこないおけいの前で、お妙が自慢げに鼻をうごめかせた。

「最初は矢絣の着物にするつもりでいたのですが、おけいちゃんは出直し神社のお使いですからね。巫女さんに倣って白衣と袴がよいと考え直したのです。さあ、早く着て見せてくださいな」

お妙に背中を押され、衝立の裏へまわって着替えをする。袴をつけるのは初めてだったが、帯を結ばなくてもいいので着付けは簡単だった。

「思ったとおり、とてもよく似合います」

恥ずかしそうに衝立の裏から現れた小娘の姿に、お妙は手を叩いて喜んだ。

「巫女さんと同じ朱色の袴でもよかったのですけど、おけいちゃんにはその若草色が合うような気がしたのです」

自分の見立てに間違いはなかったと自賛するお妙の前で、おけいが畳に膝をついた。

「ありがとうございます。数ならぬ身のわたしに、こんな手間をかけてくださって」

「何でもありませんよ。これくらいお茶の子です」

つんと尖った顎を上げたお妙は、そのうち洗い替えもひと組用意しますからと、次の約束までしてくれた。

ちょうどそこへ、廊下から聞き慣れない男の声がした。

「お邪魔してよろしいでしょうか」

「いらっしゃい。よいところへ来てくれました」

静かに障子を開け入って来たのは、二十二、三歳と思われる若い男だった。長く伸ばした総髪を首の後ろでひとつに束ねているところを見ると、お店者ではなさそうだ。

「こちらは廻り髪結いの仙太郎さんといって、私が髪をお任せしている人です」

それは珍しいとおけいは思った。

廻り髪結いとは、客の家をまわり歩いて月代を剃ったり髷を結い上げたりする仕事である。昔は男相手の生業だったが、昨今では奥方や娘の髷を女の髪結いに任せる家が多い。

「仙太郎さんは、男の髪結いさんとしては珍しく女髷を結うのがお上手なのです」

最初は近所で人気の女髪結いに頼んでいたお妙だが、元結の括り方がゆるく思われて、どうしても馴染めなかった。そこで同じ町屋敷の長屋で暮らす仙太郎をためしに呼んでみたところ、一度で気に入ってしまったのだという。

「お妙さまはほかにもいろいろとこだわりをお持ちでね。虫も殺さぬ顔をして、気に入らないと何度でもやり直しをさせるのだから手強いお客ですよ」

粋な四筋の着物をさらりと着流した仙太郎は、そんな軽口を言っておけいを笑わせた。くっきりした二重瞼の目と華奢にも見えるなで肩が、浮世絵に描かれた女形のようだ。

「おしゃべりはそれくらいにして仕事にかかってくださいな。今日はおけいちゃんの髪を結っていただきます」

「えっ、わたし？」

おけいは驚いた。自慢ではないが、生まれてこのかた髪結いの世話になったことはない。世間に出たときからずっと自分の手で髪をまとめてきたのだ。

「ほら、ここにお座りなさい。今より似合う髷を仙太郎さんが考えてくれますから」

お妙は大はりきりだ。断ることなどできないおけいは、おとなしく仙太郎に髪を委ねたのだった。


見違えるほどさっぱりした姿でおけいは蔵に戻った。それから昼餉の短い休憩をはさんだ以外、二階の物置にこもって荷物を調べることに没頭している。

（さっきより風が冷たくなってきたわ……）

からっ風が吹き込んでも庭に面した窓を開けているのは、おととい約束した元植木職人が来ることになっているからだ。

箱の中身を書き出している帳面の二冊目が埋まろうかというころ、庭の向こうでくぐり戸を開ける音がした。

（来た。佐助さんだ！）

窓から身を乗り出し、背の高い男が庭を歩く姿を見るやいなや、おけいは急な階段を一気に駆け下りた。

「いらっしゃい。お待ちしていました」

佐助は飛び出て来た小娘を見て首をかしげたが、しばらくして腑に落ちた顔をした。

「やあ、こないだの子か。てっきり巫女さんがお祓いに来ているのかと思った」

すっかり身なりが変わったおけいに驚いたようだ。

「巫女ではありませんが、わたしは神社にゆかりの者なのです。お妙さまをお呼びしますから待っていてください」

大急ぎで味々堂へ走り、待ちかねていたお妙をつれて戻ると、佐助が蔵の扉の前で珍しそうに中を覗き込んでいた。

「どうぞ、そのままお入りください」

お妙にうながされて座敷へ上がった佐助はそわそわしていた。今日はからっ風が吹いて寒いとか、こいつは大そう立派な店蔵だとか、通りいっぺんの挨拶と世辞を述べてしまうと、あとは居心地悪そうに身体を揺するばかりだ。

差し向かう茶屋の女店主は落ちつき払っている。いつもと同じ優美な小袖を隙なく着こなし、同年代の男を真正面から見据えて口火を切った。

「それでは、先日のお話の続きを始めましょう」

「へ、へい」

お妙の後ろに控えるおけいにも、佐助がひどく気を張っていることが伝わった。見ている自分まで息が詰まりそうだ。

「前にもお話ししたとおり、私は年が明ければこの店蔵でお茶屋を再開させるつもりです。そのためにも、季節の花が咲く庭園を今年のうちに完成させておきたいのです。おわかりですね？」

佐助が黙って頭を下げた。

「これもすでに申し上げましたが、今の私には庭造りのための金子を十分に用意することができません。佐助さんは、自分に任せてもらえるなら相場の半値以下で庭を仕上げてみせるとおっしゃいましたが、それも間違いありませんね？」

この念押しにも、佐助はきっぱりうなずいた。

「結構です。それではこれを――」

お妙は小袖の袂から折り畳んだ紙を取り出して、佐助の前に置いた。

「念書です。口約束だけでは心もとないので、知り合いに頼んで用意しました。目を通して問題がなければ名書きをお願いします」

念書まで出てきてどうなることかとおけいはひやひやしたが、佐助に尻込みする様子はなかった。いく分青ざめながらも書面を読み、自分の矢立を使って名前を書いた。

お妙は二枚ある念書の一枚を佐助に渡し、もう一枚を自分の袂に戻すと、その手で小さな袱紗包みを取り出した。

「ここに八両あります。佐助さんは植木問屋に顔が利くそうですが、先にお渡ししておきます」

「これは……ありがてぇ」

問屋への払いは月末でよい。しかし、植木屋仲間で競り合いになりそうな庭木や庭石は、即金で払うと言っておけば、ほかをさしおいて買いつけることができる。

「その八両は、私が今回の庭造りに都合できる金子のすべてです。やりくりは大変でしょうが、よろしくお願いします」

「お任せください」

堅苦しい取り決めが終わると、三人はそろって庭へ出た。

佐助は歩測で庭の広さを確かめ、さっきの矢立を使って紙に書きつけた。それからお妙と並んで庭の中ほどに立ち、これからの段取りについて打ち合わせた。

「手始めに図面を引いて庭の要となる植栽を決めます。どうしても植えたい木があれば、早めに教えておいてください。それと、立派な庭をお持ちの知り合いはいませんかね」

もし庭道楽がいるなら、安く譲ってもらえる庭石や、増えすぎて邪魔になった草がないか訊ねてほしい。どんなものでもうまく使って切りつめたいと言う佐助に、お妙が寂しそうな表情を見せた。

「あいにく私は知り合いが少ないのです。お庭を道楽にしている方など……」

「石なら心当たりがあります」

申し出たのは、それまで脇で控えていたおけいだった。庭石と聞いて前の奉公先が頭に浮かんだのだ。

「お世話になった武家のご隠居さまが亡くなったときのことです。お屋敷を譲り受ける甥御さまが、ご葬儀もすまないうちから裏庭の古灯籠や石が邪魔だとぼやきだしたのです」

本所あたりの御家人屋敷では、名産の瓜を庭で育てて家計の足しにすることが流行っている。微禄の甥も、裏庭の石をどかせて菜園にしようと考えたらしい。

「あれからまだひと月足らず。灯籠や石が残っていれば譲ってくださるかもしれません。でも相場より高く吹っかけられては困るので――」

おけいは思いつきを話しながら、足もとを見られないための策まで考えていた。まず前栽用の肥えた土を荷車に積んで商いに行き、土を買ってくれるなら、ついでに邪魔な庭石を引き取ってもよいと持ちかける。瓜の種でもおまけにつければ、喜んで譲ってもらえるのではないか。

「こいつは恐れ入谷の鬼子母神だ」

おけいの才覚に、佐助は大きく仰け反ってみせた。ただ、茶化しながらも御家人屋敷の所を聞くことは忘れなかった。

その日の用をすませた帰りぎわにも、まだ佐助は感に堪えない様子で、塀のくぐり戸を開けるおけいを褒めた。

「あんたは知恵者だ。子供なのに大したものだよ」

目の前にいる小柄な娘が、せいぜい十二、三歳だと思っているのだ。

おけいは本当の歳を言えないまま、明日から通うと言い残して帰ってゆく男を見送った。


蔵の前ではお妙がたたずみ、枯草の揺れる庭を眺めていた。

「あの、よろしいでしょうか」

「なぁに」

佐助を送り出したおけいは、気になって仕方がなかったことを口にした。

「さっきの八両ですけど――」

お妙は目で笑うだけだったが、あれはきっと出直し神社で借りた〈たね銭〉をはたいたのだ。たね銭は生き金として使わなくては意味がない。だからと言って八両まとめて使い切らなくてもよさそうなものだが、そんな太っ腹なところがお妙らしさなのだろう。

「おけいちゃん」

はい、と答える頭の上を、白い指が優しく触れた。

「髷の元結はきつくありませんか」

「少しも痛くないです」

おけいの頭には、仙太郎が結い上げた髷がのっている。ひっつめ髪を頭のてっぺん近くで括り、二つの輪を作って横に開いた〈蝶々髷〉だ。本来は幼女が用いる髷だが、町娘に好まれる〈銀杏返し〉や〈潰し島田〉は、背が低くて顔の大きなおけいにはまるで似合わなかった。なんとか流行りの形にしてやろうと苦心する仙太郎に、おけいは自ら蝶々髷を結ってくれるよう頼んだのだった。

「とても似合っています。巫女さんと同じ格好をしているのですから、俗な島田より相応しいと思いますよ」

「ありがとうございます。わたしを引き取って育ててくれたおっ母さんが、いつもこんな形に結ってくれていたんです」

それを聞いたお妙も、自分の子供のころを思い出したようだ。

「私は寝相が悪くて、いつも目が覚めると髷が大きく歪んでいました。毎朝お継母さまが笑いながら手直ししてくれたものです」

お妙の懐かしそうな横顔を見上げて、おけいはふと思い至った。

(そうだった。お妙さまもお生まれになってすぐ、実のお母さまと引き離されてしまったのだわ)

病を患った実母と死に別れ、継母と父親はともに火事で亡くなったと聞いた。見た目も育ちも、おけいとは天と地ほどの差があるとはいえ、身内の縁が薄いところは同じなのだ。

「私たちは、似ていますね」

同じことを考えていたのか、お妙が目尻に小さな笑い皺をよせておけいを見下ろした。

「この世に親も、きょうだいも、近しい親戚すらいない。私はおけいちゃんほど苦労をしていませんが……」

御殿女中として長年勤めた身に苦労がなかったはずはない。いつか大名屋敷にいたころの話を聞いてみたいものだと、おけいは明日の晴天を約束する夕焼け空の下で思った。

◉

おけいが紺屋町に来て十日が過ぎた。蔵の荷物を調べる作業もあらかた終わり、二階の板の間に収められていた品物の詳細は帳面に書きとめた。あとは奥の畳の間に置かれた荷物を見るだけだ。

ふたつの座敷を隔てる格子の間仕切りには、小さな扉が設けられている。奥の間へ行こうとして、おけいは扉に金具を取りつけた跡があることに気がついた。

（以前は錠がついていたんだわ。よほど大事なものを置いていたのかしら……）

しかし今は、広い座敷に長持がひとつきりである。

古風な長持の蓋を持ち上げるとき、少なからずおけいの胸は騒いだ。うしろ戸の婆の言葉を思い出し、中に押し込められたものが飛び出すのではないかと身構えたのだが、実際には虫除けとして入れられた匂い袋の香りがうっすら立ち昇っただけで、長持の底には畳紙に包まれた着物が収められていた。

「着物が十枚……おそらく実母のものでしょうね」

おけいの書きとめた帳面を繰りながらお妙がつぶやいた。

出先から昧々堂の離れに戻るのを待ちかまえ、長持の中身について話したところである。

「どういたしましょう。こちらへお運びしましょうか？」

お妙はしばらく迷っていたが、やがて首を横に振った。

「いいえ、そのままにしておいてください。実母の遺品を見たい気持ちはありますが、何というか……まだ心に余裕がないのです」

茶屋の商いがうまくまわりはじめたら、そのときこそ母の着物に向き合いたいという。

「すべての荷物を調べるのは大仕事でしたね。ありがとうございました」

帳面を置いて労ったお妙が、それまでの神妙さとは打って変わって、いたずらな顔をおけいに向けた。

「それはそうと、これをご覧なさいな」

文机の下から取り出したのは、赤い椿の絵柄がついた紙箱だ。

「すごく可愛い箱！」

「中身はもっと可愛らしいのですよ。ほら」

箱に入っていたのは、色鮮やかな紅葉と銀杏葉を模した飴細工だった。

「これは有平糖です。椿屋さんは主に飴菓子を扱うお店で、江戸で一番と言われる名職人を抱えてらっしゃるのです」

有平糖とは南蛮渡りの菓子のひとつで、砂糖と水飴を煮詰めたものに色を加え、引き伸ばして細工を施した上菓子だ。名人が手掛けただけあって、目の前の有平糖は本物の紅葉のような色合いをしていた。ただ真っ赤なだけではなく、茶色く褪せかかった色や、病葉の斑紋まで真似ているのである。

「これをお店のお茶菓子として使うおつもりですね」

上目づかいのおけいに、お妙が意味ありげな笑いを返した。

年明けに再び店開きをする〈くら姫〉では、抹茶、煎茶、ほうじ茶の三通りを用意することが本決まりとなり、それらの茶葉を味々堂の蝸牛斎が仲立ちした店で仕入れることも話がついていた。骨董屋の店主として幅を利かせる蝸牛斎が、じつは西国の小藩に仕えた茶坊主であったことを、おけいはつい最近知ったばかりだ。

『お妙さんも前回の失敗に学んで頼もしくなった。しかも今度の茶屋はよほど楽しそうじゃないか』

茶坊主あがりの老人は、毎日のように店蔵を訪れては、一緒に茶を飲んだり庭造りを見物したりしている。今の状況を一番楽しんでいるのは蝸牛斎かもしれないと思うほどだ。

「蝸牛斎さまがお力添えをくださるので安心です。このところ甘えっ放しで申し訳ないとは思うのですが」

抹茶に合わせる菓子は蝸牛斎が、煎茶の菓子はお妙が探すことになっている。茶屋の店開きに向けて多忙なお妙だが、わずかな隙を見てはあちこちの菓子舗を訪ね歩き、椿屋に目をつけたようだ。

「せっかくですから、ひと足先に味見をしましょうね」

紅葉の有平糖をおけいに勧め、自分もひとつ口に入れる。舌の上でゆっくりと溶ける上品な甘さを味わったあと、お妙が話を切り出した。

「どうでしょう、そろそろおけいちゃんもお菓子探しを始めませんか」

「えっ、では……」

ほうじ茶用の菓子をおけいに任せるという先日の話は冗談ではなかったらしい。

「三通りのお茶を出すことを思いついたおけいちゃんですもの。きっとほうじ茶に合うお菓子を見つけてくださると信じていますよ。さあ、これを差し上げましょう」

気楽な口ぶりのお妙は、箪笥の引き出しから緋縮緬の巾着袋を取り出して、おけいの手にのせた。

「お団子でも、お饅頭でも、おけいちゃんが食べてみたいと思うものを遠慮なく買って試してみてください。二十日にお菓子を持ち寄って、食べ比べをしますから」

手渡された巾着の中には、小銭がたっぷりと詰まっていた。

「そりゃあ大変だ。軍資金までもらってしまったら、もう後へは引けないねぇ」

「仙太郎さんてば、他人ごとだと思って」

面白がっている男の脇腹を、おけいが肘の先で小突いた。

若い二人はここ数日の間にすっかり心安くなっていた。今も髪結いの仕事を終えた仙太郎が立ち寄り、並んで佐助の庭仕事を見物しているのだ。

「なんだか、庭というより畑だね」

「それも、獣が荒らした畑に見えます」

二人がささやき合うとおり、前庭の土は深く掘り返されてイノシシが暴れまわった畑にしか見えなかった。元植木職人の佐助が言うには、樹木を育てるためには土づくりが肝要で、植えたその年から花を咲かせたいなら、なおさらよい土に替えておかねばならない。とくに桜の木は贅沢者だから、たっぷり肥やしの効いた土でなくては豪華な花を咲かせてくれないらしい。

「おーい、おけいちゃん」

佐助が手を止めて呼んでいる。おけいはデコボコした土塊（つちくれ）を飛び越えて駆け寄った。

「はい、何でしょう」

用件を言いかけた佐助が、先に思いついたことを口にした。

「あんたが緑色の袴で跳ねていると、土の中からアマガエルが飛び出したみたいで可愛いなぁ」

おけいの頬が赤く染まった。人さまから美人だと言われる見込みのない娘にとって、『可愛い』は最高の褒め言葉なのだ。

そんな乙女心を知らない佐助は、すぐに話を切り替えた。

「明日あれを抜いちまうつもりだが、お妙さまにも伝えておいたほうがいいと思って」

顎で示されたのは、隣家との境にある大きな切り株だった。柳亭の名の由来とも言われる柳の木は、切り株だけになった今でもお妙にとって懐かしい古馴染みのようなものだったが、必ず新しい柳を植えることを条件に、抜き去ることが決まったのだった。


「わかりました。わたしからお伝えしておきます」

朝一番で作業にかかると言い残し、佐助はくぐり戸を抜けて帰っていった。


「いい男ぶりだねぇ」

蔵の壁にもたれて見ていた髪結いが、感に堪えないといった風情(ふぜい)でため息をついた。


「仙太郎さんもそう思いますか？」

「そりゃ思うさ」

女形のような優しい面立ちをした仙太郎は、立ち去ったばかりの佐助をしきりに褒めた。


「あの人は上背があるし、力仕事をしているから肩の肉の盛り上がりがたくましい。二枚目半の顔も悪くないけど、私には日に焼けているところや、笑うと白い歯が見えるところが好ましいかな」

「二枚目半だなんて……。佐助さんは二枚目です！」

とっさに言い返してしまったおけいに、仙太郎が片頬をニヤリとさせる。


「やっぱり二枚目だと思って見とれていたんだね」

しまったと気づいたときには遅かった。おけいは慌てて今の話はなかったことにしてほしいと頼み込んだ。

「なんでさ。いい男に見とれるのは当たり前だし、恥ずかしいことじゃないよ。もちろんおけいちゃんが内緒にしてくれと言うなら誰にも言わないけど――代わりに私の頼みも聞いてもらおうかな」

無理難題をふっかけられるかと身構えるおけいに、仙太郎は意外なことを言い出した。

「さっき話していたよね、ほら、ほうじ茶用のお菓子を探すことになったって。あれを私にも手伝わせてほしいんだ」

おけいは拍子抜けすると同時に不思議に思った。〈くら姫〉の仕事を手伝いたいのなら、女店主に申し出るのが筋ではないか。

「お妙さまにはもうお願いしたんだよ。でも駄目だって言われた」

髪結いとして駆け出しの仙太郎だが、近ごろはその腕のよさを見込んだ柳橋の玄人筋あたりからお声がかかりはじめている。上得意を増やす大事のときに、他人の茶屋などにかかずらってはいけないと、きっぱりお妙から断られてしまったのだ。

「だったら手伝ってもらうわけには……」

「大丈夫。自分の客を後まわしにはしない」

しぶるおけいに、仙太郎がなおも食い下がった。

「私は仕事で江戸の町を歩きまわるから、地元の者しか知らない人気店も知っている。お客から耳寄りな話を集めることもできるし、それしきの手伝いなら髪結いの邪魔にならないだろう」

もとより一人が心もとなかったおけいは、うまく言い返せない。

「決まりだね。いい店が見つかったらその都度教えるよ」

風変わりな髪結いは、自分の長屋へ帰っていった。


明くる日の朝、柳の切り株に別れを告げるため庭へ現れたお妙に、佐助は初めて連れてきた男を紹介した。

「こいつは小吉といいます。今日から俺の手伝いとしてお庭に入らせていただきます」

次に荷車で運び入れた石を見せて言った。

「本当はもっと石が入り用ですが、全部揃うのを待っていたんじゃ年明けに間に合わない。手に入った分から置いていきます。飛石の配置は先日お渡しした図面にあるとおりですから、置いてみて具合が悪ければ改めてご相談いたします」

施主のお妙も図面には熱心に目を通している。手本となるのは茶室の露地だが、侘び寂びに偏ることなく、訪れた者の心を晴れやかにする庭を目指すことで佐助の考えと一致していた。

まず塀のくぐり戸から来る客を店蔵まで導くための飛石を置き、次に庭を歩きながら季節の木や花を観賞できるように石を並べてゆく。

お妙が必ず植えてほしいと佐助に頼んでいた木は、すでに仕入れがすんで庭へ運び込まれるのを待っている。万人に好まれる桜と紅葉のほかに、庭の風格を保つ松竹梅。あともうひとつ大事な木があった。

「新しい柳はまだ植えないのですか」

男たちが石を下ろす作業を見ながらお妙が訊ねる。

「荒仕事が終わってからにします。軟い苗木をうっかり傷めちまうかもしれませんから」

「そうですか……」

やはり切り株が引き抜かれるところは見るに堪えないと思ったのか、お妙は今日も出かける用があると言って、早々に引きあげてしまった。

あとを任された男たちの手ぎわはよかった。手始めに腕が太くて、いかにも力のありそうな小吉が中心となり、柳の切り株を掘り起こした。それからタコと呼ばれる道具を使って、掘り返された土を突き固めはじめた。その上に石を並べるのだろう。

はたしてこれからの作業が二人だけで間に合うのか、おけいは一抹の不安を覚えながら自分の仕事に取りかかることにした。今日は二階の物置から下ろした茶碗類を洗うと決めている。蔵の裏側にある水屋は前日のうちに拭き清めた。大きなふたつの水瓶もすでに水で満たされ、あとは茶屋で使う茶碗や湯呑を洗って棚に収めるだけだ。

「ちょいと、おけいちゃん」

洗いものがすんだころ、聞き馴染んだ声で名を呼ばれた。

「もう帰ってきたんですか、まだ昼前ですよ」

思ったとおり、得意先を廻り歩いているはずの仙太郎が、井戸の横で手招きしていた。

「これを届けようと思ってさ」

仙太郎が袂から取り出したのは竹の葉の包みだった。受け取るとまだ温かく、ずっしり持ち重りがする。

「金つばだよ。回向院の近くに夫婦者が出している露店があって、参拝客の間で評判がいいんだ」

得意先をまわるついでに立ち寄ったらしいが、昨日の今日で気の早いことだ。

「だって二十日までに菓子を探さないといけないんだろう。のんびりしている暇はないよ。ほら、このほかにもお勧めの店を書いておいたから、手隙きのときに行っておいで」

押しつけられた紙には、何軒かの店と菓子の名前、所まで書き込まれてある。

「あっ、お代を――」

仕事途中の仙太郎は、急ぎ足で立ち去ってしまった。馬のしっぽのように揺れる束ね髪を見送り、おけいは包みの中の金つばをひとつ頬張ってみた。薄い皮をまとったつぶ餡は、ほどよい甘さで風味もよく、胃の腑に落ちたあとまでほんのり温かかった。

◉

このところお妙は連日どこかへ出かけている。朝早くから駕籠に乗り込み、戻るのが夜になる日もある。煎茶用の菓子を求めて遠出しているのだと思っていたが、どうもそればかりではないらしい。

「昨日はとんだ無駄骨でした」

朝餉をすませたおけいが離れを訪ねると、お妙が行儀悪く畳に足を投げ出していた。

「せっかく七滝まで行ったのに、茶菓子は月並み。店の設えにも見るべきものがない田舎茶屋でがっかりしました」

七滝とは王子にある七つの滝の総称で、江戸市中から日帰りで行ける風光明媚の地として有名だ。お妙は江戸の衆が好んで足を運ぶという行楽地の茶屋を巡っているのだった。

「あれでは手本になりません。大そう人気の店と聞いて行ったのに、人の噂というのはあてにならないものですね」

「王子はよいところなのですか」

行楽などしたことのないおけいが訊ねる。

「景色は素晴らしかったですよ。澄んだ水が音をたてて流れ落ちるさまは、見ていて飽きません。そういえば、私が奉公していた御殿のお庭にも造りものの滝があって、瓢簞形のお池に流れ込んでいましたっけ。〈くら姫〉の庭にも池が欲しいところですが……」

だがそれは無理な注文だった。大名屋敷の庭園ならいざ知らず、水道井戸しか使えない江戸の下町で、町人屋敷の庭に水を引くなど許されない贅沢だ。

短いおしゃべりのあと、今日は蝸牛斎の相客として骨董屋仲間の茶事に呼ばれているというお妙の部屋を退いて、おけいは蔵へ戻った。

造作中の前庭に佐助の姿はなかった。くぐり戸から蔵の入口へかけて置かれた飛石を、前後左右から眺めて首を捻る小吉がいるだけだ。

「やあ、おけいちゃんか。ちょっといいかな」

小吉が四角い石のような顔を上げて差し招いた。

「そこの露地口から飛石の上を歩いてもらえないか」

頼まれたとおり、おけいは茶庭でいうところの露地口にあたるくぐり戸から歩き出し、ゆるく弧を描くように置かれた石の上をぴょんぴょん跳び移って、店蔵まで辿り着いた。

「もう一回。今度は跳ねないで、おしとやかに歩いてくれ」

小柄な女の歩幅に合わせて石の間隔を決めるのだと言われ、おけいはもう一回どころか十回以上も飛石の上を行ったり来たりした。小吉は念入りに石と石との間を測って手心を加えている。

「なんだか本当の石屋さんみたいですね」

「おれは石屋の倅さ。これでも腕っこきの職人なんだぞ」

一人前の石屋が、どうして佐助の手伝いをしているのか不思議がる小娘に、小吉は飛石の隙間をほんの一寸ずつ変えて具合を確かめながら答えた。

「佐助とは幼馴染みでね。あいつ、ここの庭仕事を請け負ったはいいが、一人ではどうしようもなくて泣きついてきやがった。おれに頭を下げるより、井筒屋さんに詫びを入れるのが先だって言ってやったんだが……」

「詫び？」

おけいが石の上で首をかしげる。小吉は迷うそぶりだったが、石を動かす手を止めないまま再び口を開いた。

「井筒屋は染井村でも指折りの植木屋なんだ。有名な寺院の山水を手掛けていて、佐助もほんの少し前までそこの抱え職人だったのさ」

十六歳で井筒屋の見習いに入った佐助は、持ち前の器用さと勘どころのよさもあって、二十歳を過ぎるころには得意先の庭木の剪定を任されるほどに上達した。親方にも目をかけられ、遠からず職人頭になるだろうと仲間たちにも認められた。そんな佐助が木から落ちて怪我をしたのが今年の八月のことだった。

「猿も木から落ちるっていうけど、植木屋さんも落ちるのね」

「井筒屋さんたちも佐助の不注意だと思ったそうだ。だけどあいつは、弥八さんが梯子を外したと言い出した」

弥八は佐助より三つ年長の職人である。闊達で華のある佐助とは正反対の地味な男だが、真面目な仕事ぶりから親方に重く見られていた。その弥八が自分の梯子をわざと動かしたと、佐助は朋輩たちに言いふらしたのだという。

『俺は見たんだ。木から落っこちる寸前、あの人が梯子に手を伸ばしていた』

それに対して弥八は一切の申し開きをしなかった。佐助は当然のように親方が弥八を罰してくれるものと信じていたが、思惑に反して叱られたのは自分のほうだった。無暗に人を疑ったり貶（おとし）めたりするものではないとたしなめられたのだ。

『親方は俺の言うことを信じてくれない――』

その翌日から佐助は井筒屋に行かなくなった。弥八と親方を恨んだまま、棒手振りの植木売りに転じたのだった。

「そんなことがあったのね……」

おけいは初めて佐助に会った日のことを思い出した。この庭を任せてほしいと言って、がむしゃらに仕事を進めようとするのは、弥八の肩を持った親方に対する意地もあるのだろう。

「遅くなったな小吉。なんだ、おけいちゃんもいたのか」

今まで自分の噂をしていたとは知らない佐助がやって来た。引き込んだ荷車には平石がいくつかのせられている。

「御家人屋敷から引き取った石はこれで最後だ。どうだ、間に合いそうか？」

「飛石の数はなんとかなるが、手水鉢（ちょうずばち）はどうなった」

荷台を覗き込む小吉に問われ、佐助は渋い顔をした。

「値ごろなものが見つからない。まだ植木の仕入れが残っているのに、金をはたいてしまうわけにはいかないだろう」

「そりゃそうだが……」

必要なものが揃わないと作業も遅れてしまう。

やりくりに頭を悩ませる佐助を、おけいは歯痒い気持ちで見守るしかなかった。

日本橋へと続く目抜き通りには土蔵造りの大店が軒を連ね、その鼻先で赤い傘をさしかけた露店も堂々と商いをしている。おけいはその中に花林糖を売る店を見つけ、小銭を払って一袋だけ買った。しばらく南へ歩き、今川橋を越えて西へ曲がると古びた菓子屋の看板が目に付いた。ここで買うべきは麩焼きだ。麩焼きを手に入れたら堺町へ向かい、すでに客が並んでいる小店の粟おこしを買う。先だって仙太郎が店の名前と所を書いてくれた紙を頼りに、菓子を買い集めようというわけだ。

「すみません、粟おこしをください」

「はいはい、どちらの神社の巫女さんかは存じませんが、お使いご苦労さまです。その手に提げている風呂敷をおよこしなさい。背中に負わせて差し上げましょう」

清らかな白衣に若草色の袴をつけ、蝶々髷から髪油の香りまで漂わせるおけいは、どの店に行ってもていねいに扱われた。薄汚れた格好で店先の団子に生唾を飲み込み、野良犬のように追い払われていたころとは大違いだ。

風呂敷包みを背負ったおけいが次に向かったのは小伝馬町だった。牢屋敷として名高い囚獄を行き過ぎた先に、最後の店があった。

（あの小屋がそうだと思うけど……）

通りのかどにあるのは、菓子屋ではなく木戸番小屋だ。町辻の木戸を開閉する番人が暮らす小屋では、少ない手当を補うために女房が小屋の前で日用品を売って稼ぐことが許されている。小伝馬町の木戸番の女房は、安くて美味い菓子を作ると評判らしい。

「いらっしゃい。何をお探しですか」

店先に立ったおけいに、四十がらみの地味な女が奥から声をかけた。店台には目笊や灯心などの日用品のほか、少女好みの絵柄がついた鼻紙入れや千代紙細工、友禅の端切れを合わせた袋物などが置かれている。可愛らしい小物に思わず目を奪われそうになったが、おけいはすぐ本来の目当てを思い出した。

「あの、こちらで人気のお菓子をいただきたいのですが」

女房は店台の下から浅い木箱を取り出した。中には小さくて丸い菓子が並んでいる。

「うちで一番人気の安倍川餅は、前日までに注文を聞いてお作りしているのです。今お売りできるのはこの餡玉だけですが」

それでよい。仙太郎がくれた紙には餡玉と書いてある。おけいは餡玉をふたつ求め、四文銭を一枚置いて引き上げた。

◘

「では、ぼちぼち始めようかね」

十一月二十日の昼下がり。正客の席に陣取った蝸牛斎のひと言で菓子選びが始まった。

「最初はほうじ茶がいいだろう」

おけいは心の臓がドクンと跳ねるのを感じた。この日のために選んだ菓子は、あらかじめ亭主役のお妙に渡してある。お妙がいつもどおりの優雅な手つきで支度をし、蝸牛斎の前に置いた折敷の上には、ほうじ茶の入った大きな湯呑と三種の菓子がのっていた。

「おお金つばか。こっちは粟おこしで、もうひとつは麩焼きかね」

「どれもほうじ茶に合いそうです」

さっそく蝸牛斎とお妙が菓子の吟味を始めた。おけいの前にも折敷が出されたが、すでに菓子の味は知っているので、お茶だけを飲みながら二人が口を開くのを待った。

「この麩焼きは皮にも餡にも黒砂糖が使われていますね。粟おこしも美味しいのですが、硬くて人前で食べにくいのが難点です」

最初にお妙が思うところを述べた。

「ふむ、金つばは悪くない。月並みかと思ったが、皮の薄さが絶妙で、小豆の粒もしっかりしていて風味がよい。よほどていねいに作っているのだろう」

たくさん買った菓子の中からこの三つを残すのは、おけいにとって難しい選択だった。とても一人では決められず、仙太郎と話し合ったうえで選んだのである。

「本当は、ぜひ試していただきたい菓子がもうひとつあったのですが……」

残念そうなおけいの言葉に、熱いほうじ茶と菓子の余韻を味わっていた蝸牛斎が顔を振り向けた。

「ほう、どんな菓子だったのかね」

じつを言えば、仙太郎とおけいが一番に選んでいたのは、小伝馬町の木戸番小屋で買った餡玉だった。駄菓子でありながら品のよい甘さと見た目の可愛らしさを兼ねそなえた餡玉は、〈くら姫〉で出す茶菓子にふさわしいと思われたのだ。ところが、今朝の四つ半（午前十一時ごろ）に小伝馬町へ出向いたところ、木戸番の女房が別人になっていた。

「別人、とは――？」

訝る二人におけいが明かす。

「木戸番小屋のご夫婦が、若い人に代わっていたんです」

おけいが初めて餡玉を買った日の夜更け、夜回り中の木戸番が倒れて帰らぬ人となった。残された女房は、亭主の弔いが終わってすぐ小屋を明け渡したというのだ。

「気の毒に。木戸番小屋には夫婦者を入れると決まっているからな」

「それは残念ですが、がっかりすることはありませんよ。この金つばも立派なものですし、木戸番のおかみさんとも、ご縁があればまた会えるかもしれませんから」

そう言ってなぐさめると、お妙は次の支度に取りかかった。煎茶用として出された菓子も三種。寒菊の花をかたどった白雪糕と、茶巾絞りの栗きんとん、それに紅葉形の有平糖である。

「白雪糕は麹町の四方屋さん。栗きんとんは向島の笹屋さんのものです。有平糖はご覧になっておわかりでしょうが、寛永寺黒門前の椿屋さんで買ってまいりました」

椿屋の有平糖ならおけいも味見をさせてもらった。しかし、今日の折敷に置かれたものは、お妙の部屋で相伴したときと歯触りが違っている。

「これはお店で買って三日ほど置いたものです。有平糖は日にちを置くことで、お茶菓子として美味しくいただけるのですよ」

なるほど、湿りを帯びていく分しっとりした砂糖菓子は、舌にのせるとたちまちほどけて、口の中に甘さが広がった。

「やはり椿屋はいいね。四方屋さんのも申し分ない。栗きんとんは、見た目に工夫がないのが惜しいな」

「確かに色目は地味ですね。新年の店開きにお出しする菓子ですから、華のある白雪糕がいいでしょうか」

うるち米と糯米の粉を合わせ、砂糖と蓮の実の粉を加えて作る白雪糕は、茶席で好まれる干菓子である。お妙の言うとおり、煎茶には華やぎのある菓子が相応しいのだろう。

次はいよいよ抹茶に合わせる主菓子の出番だった。茶人の蝸牛斎がこの日のために用意した菓子は二種。どちらもウサギに似せた菓子であった。

「饅頭は飯田橋の橋元屋。きんとんで作ってあるほうが日本橋の吉祥堂だ」

「まあ、橋元屋さんと吉祥堂さん……」

お妙の感嘆から察してどちらも名店なのだろうが、両者の菓子は趣が違っていた。

橋元屋は、白い皮の薯蕷饅頭に飛び跳ねるウサギの焼き印を押したもの。吉祥堂のウサギは白いそぼろを隙間なく身にまとい、てっぺんに真っ赤な実をふたつのせている。下に敷かれた緑の笹の葉との色合わせも鮮やかだ。

「橋元屋さんは元禄のころからの老舗ですから、派手さはありませんが格の高いお菓子をお作りになります。一方の吉祥堂さんは――」

「江戸でもっとも勢いのある菓子舗だよ」

お妙の話を途中から蝸牛斎が引き継いだ。

「もとは路地裏の小店にすぎなかったのが、今の店主が作らせた南蛮菓子が大当たりして、瞬くうちに日本橋の有名店にのし上がったのさ」

ここ数年は、趣向をこらした季節菓子を次々と売り出し、驚くほどの高値にもかかわらず飛ぶように売れている。その裏で店主が阿漕な商いをしていると、芳しくない噂が流れたことも一度や二度ではない。

「良くも悪くも噂に欠かない店だが、このきんとんのような優れた茶菓子も作っている。ちなみにこれは師走用の新作で〈雪うさぎ〉というらしい」

おけいはすでにお腹が膨れていたのだが、それでも見た目の愛らしい〈雪うさぎ〉に手をつけずにはいられなかった。黒文字を使って切ってみると、白いそぼろ餡の中に丸めた白餡が入っている。それぞれに異なる風味があり、何を使った餡かと考えるうちに、口の中の菓子は雪のように溶けてなくなってしまった。

「中身は白隠元豆の餡だな。外のそぼろはもっと上品な甘さがあって舌触りも滑らかだ。恐らく百合根を使ったのだろうが、これをきんとんにするとは大した職人技だよ」

「この実は南天でしょうか」

ウサギの目に見立てた赤い実と、おけいがにらめっこをする。

「クコの実だと吉祥堂の手代が言っていた。身体によいものだから残さず食べてしまいなさい」

蝸牛斎の言うとおり、乾かしたクコの実は枸杞子と呼ばれ、漢方では滋養の薬として知られている。菓子の下に敷かれた熊笹も、さわやかな香りを移すだけでなく、食べ物の傷みを遅らせる効用がある。

「これだけ材料にこだわって作る菓子だ。よその店より値が張るのは致し方ないことかもしれん」

「おいくらでしたか？」

自分で点てたお薄をひと口飲んで、お妙が控えめに訊ねる。

「ひとつ四十文だった」

四十文――。

おけいがゴクリと大きな音をたてて茶を飲み込んだ。そこらの露店にある大福餅はひとつが四文だから、ひと回り小さなこの菓子は、その十個分ということだ。でも美味しい。これを食べるために、また明日から頑張って働こうという気持ちになる。

「しかも茶席用の主菓子はあらかじめ注文を受けて作るから、最低でも十個まとめて頼まなくてはならない。つまり四百文だな。こう言ってはなんだが、その日暮らしの連中が気楽に買える菓子ではないのだよ」

ひとつ四十文の菓子を添えて出すとすれば、抹茶の折敷はかなりの高値をつけなくては採算が合わなくなる。手の中の茶碗を見つめて考え込むお妙に、蝸牛斎が言い添えた。

「ちなみに、橋元屋の薯蕷饅頭はひとつ十六文だ」

こちらはかけ蕎麦一杯と同じ値だが、女店主の心が吉祥堂へ傾いていることは傍目にも明らかだった。

「――これは、困りました」

ふっと厳しい表情を崩して、お妙が目の前の小娘を見た。

「お茶の仕入れも勘定に入れなくてはなりませんから、もし吉祥堂さんの菓子を使うとしたら、抹茶の折敷に七十文近い値をつけることになります。これでは高すぎて、お客さまにそっぽを向かれるかもしれません。おけいちゃんだったらどうしますか」

あなたは私の相談相手でしょう――そう訴える眼差しを、おけいが真っ向から受け止めた。

「わたしなら、吉祥堂さんを選びます」

寸分の迷いもない答えに、ほう、と蝸牛斎が声を上げる。

「売り値が高くなってもかまわないと言うのかね」

「はい。お妙さまは七十文近くとおっしゃいましたが、抹茶の折敷はぴったり百文がいいと思います。中途半端は意味がありません。むしろ思い切って高くするのです」

そう言い切るのには理由があった。

おけいが江戸に来たばかりのこと、奉公先の練りもの屋では、ホシザメのすり身を混ぜた安い蒲鉾(かまぼこ)を扱っていた。本店のある品川宿では人気だったのだが、江戸店での売れ行きは芳しくなく、日本橋に店を構える有名店の蒲鉾ばかりが売れていた。

味はほとんど同じなのに、なぜ値の高いもののほうが売れるのか、宿場育ちのおけいは不思議だった。だが、それから何軒もの商家を渡り歩くうち、しだいにわかるようになっていった。たとえ値は高くても、世間で知られた店の名物に飛びつきたがる江戸っ子の気風というものが――。

「吉祥堂さんは、今一番人気の菓子舗だとうかがいました。四百文払わなければ買えないその主菓子を、〈くら姫〉で百文払えば抹茶と一緒に味わうことができる。これなら背伸びしてでも注文してくれるお客は必ずいます」

おけいの考えに、なるほど、と蝸牛斎も膝を打った。

「茶と菓子に百文払ったとあれば自慢の種になる。江戸っ子はとかく見栄(みえ)を張りたがるから、うまくゆけば大当たりをとるかもしれん。わしは大賛成だが、どうだね、お妙さん」

もはや問うまでもないことで、煎茶の折敷は五十文、ほうじ茶は三十文とし、それぞれに添える菓子も決まった。続けて菓子舗へ交渉に出向く段取りまで話し合ったのち、お妙が改めて蝸牛斎とおけいに向き直った。

「じつはもうひとつ、〈くら姫〉のことで考えがあります。かなり突飛な案ですから、あるいはお客さまに受け入れていただけないかもしれませんが、私としてはぜひとも試みたいことなのです」

◉

師走に入って悪天候が続いた。ようやく晴れたと思っても、三日もすればまた灰色の雲が垂れ込める。雨が降るたび〈くら姫〉の庭仕事が止まってしまうことに、植木職人の佐助は焦りを隠せなかった。

追い打ちをかけるように、月半ばには雪まで積もった。佐助は慌てて藁(わら)や筵(むしろ)を持ち込み、雪囲いをこしらえて、植えたばかりの苗木を守らねばならなかった。

悪いことばかりではない。築山(つきやま)を盛り上げるための土を運ぼうとして、蔵の裏側にあった瓦礫(がれき)をどかせたところ、壊れた古灯籠や石鉢が見つかった。これらは石屋の小吉が手を加え、庭の蹲(つくばい)として使われることになった。

そして、あと十日で大晦日を迎えるという日の朝、お妙が霜を踏みしめながら表庭にやって来た。

「ご苦労さま、しばらく見ない間にすっかり庭園らしくなりましたね。ただ、図面より庭木が少ないように思うのですが……。正面にあるはずの松の木、それに南西の角に何本か植えると言っていた楓の木も見当たりません」

「へ、へい。おっしゃるとおりで」

佐助はしどろもどろに答えた。木は間違いなく手に入れて、染井村の問屋に仮置きしている。あとは庭に植えるばかりだと。

「では、早くここに運んで植えてくださいな。今の調子では間に合わないのではないかと気がかりです」

「運びたいのは山々なんですが、その、じつは……」

追い詰められる佐助が心配でたまらないおけいは、下草の植つけを手伝う手を止めて地面にうずくまった。小吉も蹲の後ろ側から成り行きを見守っている。

「ねえ、佐助さん」

穏やかな口調はそのままに、お妙はいつも口もとに漂わせている微笑をおさめて言った。

「お天気のせいで作業が遅れたなら、これから急いでもらえばすむことです。でも、ほかに理由があるのだとすれば、正直に話してくださらないと困りますよ」

女店主の言葉はもっともすぎるほどもっともだった。

「も、申し訳ねぇ、お妙さま」

堪(たま)らず佐助が土の上に膝をついた。

「俺の考えが甘かった――いや、違う。初めから無理な仕事だとわかっていたんだ。強引に小吉を引っ張り込んで、どうにかなると自分に言い聞かせてきたが、やっぱり無理なことは無理だ」

穴を掘るのも、石を運ぶのも、身の丈ほどの庭木を植えるのも、若い男二人が汗を流すことで何とかここまでしのいできた。しかしながら、十尺の高さを超える楓の木や、枝が横に張り出した赤松を植える作業は、佐助と素人の小吉だけでは手が足りない。無理をすれば大事な枝を傷めてしまうことになりかねないのだ。

「つまり、このままでは〈くら姫〉の庭は仕上がらない。もっと人手が必要だ、と。そういうことですね」

「おっしゃるとおりです」

もう佐助は強がることもできなかった。

「でも、今から助っ人の職人を呼ぶとなれば余分な金がかかる。いただいた八両では足りなくなっちまいます」

「それは助っ人さんたちと話し合って考えることにしましょう。ほら、ちょうどよいところに到着したようです」

お妙の言うとおり、ガラガラと荷車を引く音が近づいていた。いったい何が始まるのかと、佐助ばかりでなく小吉とおけいも立ち上がって待ち受ける目の前に、やがて揃いの印半纏を着た男たちの一団が現れた。

「よく来てくださいました」

「どうも、着くのが遅くなりまして」

半白髪の男が進み出て、笑顔で迎える女店主に頭を下げた。

「まさか、どうして……」

佐助は口を開けて呆然としている。

突然現れた男たちの正体がわからないおけいに、小吉が耳もとでささやいた。

「あの人は井筒屋さん。佐助の親方だよ」

井筒屋は年季の入った植木屋らしく、日焼けて黒光りした顔を佐助に向けた。

「ぼんやりしてんじゃねぇ。ここにいる職人たちに指図して今日中に植つけを終わらせるんだ。いいな、こいつはおまえの請け負った仕事だぞ。最後まで責任を持ってきっちり仕上げろ」

早く行けと怒鳴られ、佐助は裏路地を通って引き込まれた荷車へすっ飛んで行った。荷台の上には薦でていねいに巻かれた赤松があり、その後ろにも別の木を積んだ車が控えている。

「では、手前も仕事に入らせてもらいます」

挨拶もそこそこに、井筒屋は自らも大きな松の木を運ぶ職人たちに加わった。手練れの植木職人が十名ばかりも加勢したことで、そこからの作業は面白いほどはかどった。あらかじめ掘られていた植穴に大きな樹木がおさまり、追加で運ばれた下草が、剝き出しだった地面を覆うように植え込まれてゆく。

もうおけいに手伝えることはなかった。お妙と一緒に蔵の土間へ引っ込み、みるみる整ってゆく庭園を眺めた。そして日が中天を過ぎるころには、早くも作業を終えた職人たちが後片づけを始めていた。

「ありがとうございました。こんな素晴らしい庭に仕上げていただけるとは、本当に嬉しいことです」

再び目の前に立った井筒屋に、お妙は礼を述べた。

「手前のほうこそ、弟子のためにいろいろとご配慮をいただいて感謝しております。おい、おまえもこっちへ来てお詫びを申し上げねぇか」

佐助がおずおずと土間に入り、大きな身体を縮こめるように女店主へ頭を下げた。

「その……すみませんでした」

「ちゃんと井筒屋さんから本当のことを聞きましたか？」

片づけの途中で親方と話をしていた佐助は、穴があったら入りたいといった風情だ。

じつのところ、お妙は初めて佐助と会った日の翌朝には、少し前まで働いていたという染井村の井筒屋を訪ねていた。佐助の出奔(しゅっぽん)から棒手振りの植木売りになるまでの経緯を知ったうえで、〈くら姫〉の庭を任せると決めたのだ。

おけいは庭が仕上がるのを見ながら、お妙の話を聞いていた。

「佐助さんは勘違いをしたのです。職人仲間の弥八さんに梯子を外されたというのは、勝手な思い込みだったのですよ」

足を痛めた佐助が仕事を休んでいる間に、井筒屋はことの一部始終を弥八の口から聞いていた。知れば他愛のない話で、佐助が登っていた木の下を、足場丸太を担いだ職人たちが通り過ぎた。そのとき丸太がぶつかって梯子が横に動いたが、職人たちは気づかないまま行ってってしまった。それを見ていた弥八が梯子を戻そうとしたが間に合わず、佐助は足を踏み外してしまったのだという。

「でも、どうして弥八さんは、そのことを先に言わなかったのでしょう。本当のことを知っていたら、佐助さんだって悪い噂など流さなかったでしょうし、親方さんと喧嘩して井筒屋を飛び出すこともなかったのに……」

おけいの言うことはもっともだったが、弥八と佐助の間には、もう少し込み入った事情があった。

「井筒屋さんがおっしゃるには、二人とも腕達者なお弟子さんで、とくに負けず嫌いの佐助さんは、先輩格の弥八さんと張り合う気持ちが強かったのだそうです」

弥八は無口でおとなしい男だが、実直な仕事ぶりが親方に気に入られていた。佐助にはそれが面白くなかった。若い職人たちの間で持ち上げられて調子にのったこともあり、兄弟子の弥八に嫌がらせを仕掛けるようになっていった。

「いくらおとなしくても、弥八さんの心中は穏やかではなかったのでしょうね。梯子がずれているのを見たとき、ほんの一瞬だけ手を伸ばすのをためらったそうです。結局、佐助さんは木から落ちたとうかがいました」

すぐに手を伸ばせば間に合ったかもしれないと、後になって弥八は悔やんだ。だが、すべてを打ち明けて詫びたいという弥八を止めたのは井筒屋だった。ちょうどそのころ、隣村の植木屋から弥八を婿養子にしたいという話が寄せられていて、いま妙な噂がたてば、せっかくの良縁が立ち消えになる恐れがあった。佐助も大事には至らなかったのだし、誤解を招きかねない詫びならやめておけと、井筒屋は弥八に言い含めた。

　だが佐助は納得しなかった。兄弟子に対する数々の非礼を棚に上げ、あいつが梯子を外したのだと仲間内で言いふらした。それを井筒屋に咎められると、弥八が依怙贔屓されるのは耐えられないと言って仕事に来なくなってしまったのだった。

「情けないことに、棒手振りになった次の日には、井筒屋を飛び出したことを後悔していました」

　事情を知った佐助は、肩をすぼめて白状した。

「このお庭を一人で仕上げてみせると大口たたいたのも、植木職人の仕事がしたい一心からです。結局、俺だけの力でやれることなんてたかが知れているとわかったときから、頭に浮かぶのはいつも同じ顔で……」

　ここに弥八がいたらどうするだろう。どんな工夫をするだろう。そんなことばかり考えるうち、自分が弥八を妬んでいたことに佐助は思い至った。何があっても淡々と己の仕事をこなし、手が空けば黙って仲間を手伝う。そんな背中の大きさがうらやましかったのだと、ようやく認める気になれたのだった。

「弥八なら、駒込の枡屋さんの総領娘と祝言を挙げたよ。ゆくゆくは枡屋の親方だ。それがおまえときたら――」

井筒屋は眉間に深い縦皺を寄せた。

「弥八が抜けてただでさえ大変なときに、余計な手間をかけさせやがって。おまえみたいな大馬鹿野郎、あと十年は俺の下で修業だ。ほら、ぼーっとしてねぇで次の現場へ行くぞ。今日の手伝い賃も含めてこき使ってやるから、覚悟しやがれ」

「あイタっ」

思い切り尻を叩かれた佐助は、痛がりながらも嬉しそうだ。

「お妙さま、ありがとうございました。これからちょくちょくお庭の手入れに寄せてもらいます。ああ、俺、やっぱり柳亭とご縁があったんだなぁ」

「え、それはどういう――」

お妙の問いかけは届かなかったらしい。晴れて植木職人に戻った佐助は、井筒屋の仲間や石屋の小吉と一緒に荷車を押して、次の仕事場へ去って行った。

◉

風のない穏やかな年明けとなった。

お蔵茶屋〈くら姫〉がある紺屋町では、昼過ぎの開店を待ち切れない客が水路に沿って列を作っていた。そのほとんどが正月らしい晴着姿の女客である。

「もう三十人ほどがお待ちです。みなさん綺麗なお召し物で、裏通りに花が咲いたみたい

です よ」

おけいの知らせをうけて、今朝から固い表情を崩さなかった女店主が、わずかに愁眉(しゅうび)を開いた。

「それを聞いて安心しました。年末に配った刷り物のおかげですね。少し早いですが店を開けましょう」

いよいよ〈くら姫〉の扉が開いた。水路に架かる小橋を渡り、外塀のくぐり戸をぬけた客は、飛石伝いに歩く途中で足を止めた。

「あら、このまま庭を歩いて見物できるようね」

「あたしは前にも来たことがあるけど、そのときは何にもない庭だったのよ。すっかり見違えちゃったわ」

景色につられて庭へ歩き出そうとする客たちを、総髪の若い男が愛想よく引き戻した。

「どうぞ店蔵の中へお入りください。これから混雑いたしますから、お茶とお菓子を召し上がったあとで、ゆっくりお庭を歩かれてはいかがですか」

「それもそうね」

女たちを言葉巧みに店の中へと追いやる仙太郎は、再三お妙に頼み込み、今日と明日の二日間だけ茶屋で働くことを許されていた。客を庭先で迎え入れる大役を任されてはりきっている。

一方、店蔵に上がった客たちは、座敷の床の間に生けられた椿の大枝に度肝を抜かれていた。

「すごい。こんな立派な生け花は初めて見たわ」

「ここだけ本当の春が来たみたい」

客が感嘆の声を上げた早咲きの玉椿は、お妙の希望で遠方から取り寄せられたものだ。春まだ浅き江戸市中では梅も桜も蕾が固い。せめて切り花で春を感じてもらいたいと奮発したのだが、それだけの値打ちはあったようだ。

「お嬢さまがた、こちらのお席へどうぞ」

店蔵の中を案内して注文をとるのはお運び娘の仕事だ。何度も稽古を重ねた三人の娘が、客の注文を聞いてまわっている。

「お茶は三種類ございます。お抹茶には吉祥堂さんの椿餅、お煎茶には四方屋さんの白雪糕、ほうじ茶には高砂屋さんの金つばを……」

口上とともに示される紙には、それぞれの折敷の詳しい内容と、値段が記されている。

「お抹茶はさすがに高いわねぇ。三十文のほうじ茶にしておこうかしら」

「金つばもいいけど、白雪糕も捨てがたいわ」

「私はお抹茶にする。お父つぁんにお小遣いをもらったもの」

みな懐具合と相談し、次々と注文を出している。折敷を待つわずかな時間も、人気役者の芝居や子供の自慢話などに花が咲いて、女たちの話題は尽きることがなさそうだ。

（よかった、みんな楽しそうだ……）

蔵の外から様子をうかがっていたおけいは、ほっと胸をなで下ろした。

お妙が〈くら姫〉の再開に向けて密かに考えていた「かなり突飛な案」とは、男客の入店を断るという前代未聞の商いだった。もとより江戸の町場では、看板娘を売りにして男を呼び込む水茶屋ばかりが目立ち、女たちが安心してお茶を飲める店が少ない。そこに目をつけたお妙は、女が一人で安心して飲み食いし、仲間同士で集まっても気取らない話ができる店にしようとしていたのだ。

『私は御殿にいる間、ずっと思っていました。たまには肩の力を抜いてゆっくりしたい。誰にも気がねしないでお茶を飲みたい。そんな場所があれば、どんなにかありがたいだろうと――』

十四年に及ぶ大名屋敷での暮らしについて、お妙は多くを語ろうとはしなかった。しかし町人の身分で御殿女中となり、高貴な武家の妻女に仕えるからには、気の張る毎日を積み重ねていたに違いない。

相談を受けたおけいも、女のための店づくりには大賛成だった。しかし金持ちの旦那衆を閉め出してしまうのはもったいないと思ったので、女客と同伴の場合だけ入店を認めてはどうかと提案した。初日の客にちらほら混じる男たちは、着飾った女たちの中に埋もれて少々照れくさそうだ。

「ほらおまえさん、亭主席にいらっしゃる方をご覧なさいな。少し前までお大名家の御殿女中をされていたそうですけど、あんな美人はめったにいませんよ。しかもお召し物の見事なこと」

お妙は白繻子に五色の瑞雲と松竹梅をあしらった小袖と、七宝繋ぎの帯を合わせていた。豪奢な御殿風の衣装を間近で見ようと集まってくる客にひるむことなく、堂々と抹茶の点前を披露している。

煎茶には常滑の茶出しを使い、ほうじ茶は大きめの瀬戸の土瓶から注いで、それぞれの菓子を折敷にのせてゆく。

「お待たせいたしました。奥方さま、お嬢さま、お席まで運ばせますので、ごゆっくりお召し上がりください」

元御殿女中が用意したお茶と、人気店の菓子でもてなされた女たちは、老いも若きもお姫さま気分で大満足だ。

「いらっしゃいませ。ただ今混み合っておりますので、ご隠居さまはあちらの縁台にかけてお待ちください。お嬢さまがたは、先にお庭の見物などいかがでしょうか」

外ではひっきりなしに訪れる客を、仙太郎が懸命にさばいている。袴と同じ若草色の襷をかけたおけいの役目は、使い終わった茶碗を水屋まで運ぶことと、合間をみて庭の案内をすることだ。

「どうぞ、お庭をご案内いたします」

おけいが数人の客を従え、くぐり戸の前から歩き出した。

庭の中には飛石で仕切られた囲いが三つあり、蔵に向かって右側の囲いの中は小さな梅林になっていた。

「あと半月もすれば梅の蕾がほころんでまいります。どうぞ盛りのころにも足をお運びくださいませ」

宣伝するおけいの足もとには、裏庭の瓦礫から掘り出された石鉢が、蹲として置かれている。その向こうに見える冬枯れの築山は、秋には鮮やかな紅葉山に変わるはずだ。

真ん中の囲いには桜の木が三本立っていた。どれも若木だが、桜は若くて勢いのあるほうがよいと、佐助が選んだものだった。

「桜が咲いたところも見たいですね。築山の横には紫陽花があるそうですから、きっと梅雨のころも綺麗ですよ」

「また何度でも来ればいいじゃないか」

年配の夫婦者が小声で話すのを聞いて、目論見が当たったおけいは嬉しかった。今は冬の庭でも、客は先々の季節を思い描き、またここへ来たいと思ってくれるのだ。

見どころは植栽ばかりではない。三つ目の囲いは、水の代わりに白砂を敷き詰めた枯山水になっていた。池が欲しいと言っていた女店主の希望も、これで叶えられたわけだ。

枝ぶりのよい赤松の手前には、苔むした古灯籠が置かれている。以前おけいが奉公していた御家人屋敷から、飛石とともに譲り受けたものだ。おけいに読み書きを教えてくれた武家の老女は、代々受け継がれてきた古灯籠を大切にしていた。それが新しい庭で出直すことになって、おけいもしみじみと嬉しかった。

「お待たせいたしましたぁ。お席が空きましたので、店蔵へお入りください」

　よく通る仙太郎の声に、客たちが店の入口へと戻って行った。

　入れ違いに店から出て来た娘たちは、味わったばかりの菓子についてしゃべっている。

「とても美味しい金つばだったわよ。ほうじ茶もたっぷりで、お腹も膨れたわ」

「あら、そう。でもやっぱり吉祥堂の椿餅ね。見た目もきれいで、味も申し分なかったわ。帰ったらおっ母さんに教えてあげよう」

「あたしの食べた白雪糕は煎茶とよく合っていたのだけど、口の中ですぐに溶けてしまって物足りない気がしたの。次こそお抹茶の折敷を注文するわ」

　遠慮のない言葉に耳を傾けていると、せかせかと近づいてきたお運び娘に声をかけられた。

「おけいさん、これをお願いします」

「承知しました」

　下げた茶碗を受け取り、裏の水屋へ運ぶ途中で、おけいはふと立ち止まった。

　足もとに小さな柳の木が一本立っている。客の目にとまらないほど弱々しい苗木は、かつて豊かな枝葉を揺らしていた大柳の跡に植えられたものだ。もっと立派な木を仕入れることもできたが、お妙はあえて幼い木を選んだ。〈くら姫〉の商いは始まったばかり、これから土に根を張る苗木のようなものだと言って。

（今度こそ大丈夫。お妙さまはきっとうまくやる）

貧乏神の見立てに間違いはない。今日店を訪れた客が二度、三度と足を運ぶようになれば、必ずたね銭の倍返しが叶うだろう。

（近いうちに婆さまのお顔だけでも見に行こう。お蔵茶屋の盛況ぶりをお聞かせしなくては……）

だが、うしろ戸の婆から任されたもうひとつの役目は、まだこれからだ。出直し神社へ戻る日は当分先になりそうだと、薄雲の広がる初春の空を見上げておけいは思った。

第二話

木戸番小屋の女房へ――たね銭貸し銭三貫文也

初春とは名ばかりの凍てつく風が吹くなか、出直し神社を訪れたおけいの前に、うしろ戸の婆は真夏のような白い帷子姿で現れた。

「婆さま、お寒くありませんか」

「お寒くなどあるものかね」

いかにも元気そうな婆は、巫女のような白衣と若草色の袴を身につけた小娘を、上から下まで眺めまわした。

「まあ似合うじゃないか。おまえにこんなものを着せて、手土産まで持たせるとは……。あのお妙さんという人、細やかな気配りが得意なようには見えなかったがねぇ」

おけいが神社を離れた日から、すでに二か月以上が経っている。持参した重箱の中には、〈くら姫〉で客に出しているのと同じ茶菓子が詰められていた。

「おお、どれも立派な菓子だ。特に椿餅は見事なものだね」

うしろ戸の婆が言うとおり、吉祥堂から仕入れている椿餅は、紅色と黄色に淡く染め分けた上新粉の餅でこし餡を包み、緑濃い椿の葉で上下を挟まれた姿が見た目にも際立っていた。もちろん味も申し分なく、百文という高値にもかかわらず抹茶の折敷を注文する客が大勢いるのもうなずける。

「お抹茶に添える主菓子は、来月も吉祥堂さんにお任せするんですよ。ただ、煎茶とほうじ茶のお菓子は別の店にしたいと、お妙さまはおっしゃるのです」

「ほう」

祭壇を背にして座った婆が、面白そうに身を乗り出した。

煎茶に合わせた白雪糕は品のよい上菓子だ。ただ、ぱさぱさした口当たりが馴染まないのか、思っていたより注文する客が少ない。その分、ほうじ茶に添えた金つばが人気なのだが、これには店主のお妙が満足していなかった。女客を中心とした茶屋にすると決めた以上、食べる前にまず目で見て喜んでもらえる菓子を出したいと言うのである。

「なるほど。で、またおまえがほうじ茶用の菓子を探すのかい」

「はい」

おけいは左右に大きく離れた目をしばたかせて、これから目ぼしい品を探し歩くつもりだと話した。

「煎茶のお菓子は味々堂の蝸牛斎さまが探しておられます。お妙さまには別のお考えがあって忙しいものですから」

「別の考えとは？」

それは〈くら姫〉の店開きから、わずか数日後のことである。お妙が夜も店を開けて懐石料理を供したいと言い出し、後見人の蝸牛斎をはじめ、お蔵茶屋に関わる人々を仰天させた。もちろんおけいも驚いたが、お妙には見通しがあってのことだった。

今のところ、茶屋を開ける時刻は昼の八つ（午後二時ごろ）で、夜の五つ（午後八時ごろ）に店仕舞いと決めている。しかし実際には、正午を過ぎたあたりから客が外堀の前に並びはじめるので、かなり早めに店を開けることになる。それから夕暮れまで息をつく暇もないほどだが、暮れ六つ（午後六時ごろ）の鐘が鳴った途端に客足は落ちてしまう。

筋目のよい女客が夜歩きなどしないことを知ったお妙は、来月から茶屋の開店を正午に繰り上げ、暮れ六つにいったん店を閉めると決めた。そのうえで、夕餉の懐石を出す料理茶屋として再び店を開けようというわけだ。

「たしかに茶と菓子だけでは夕餉どきに来る客などおらんわな。なかなかどうして、あの別嬪さんも考えるじゃないか。早くも次の手に打って出るつもりだね」

さすが貧乏神が見込んだだけのことはある、と上下一本ずつしかない前歯を見せて、うしろ戸の婆は笑った。

「今は腕のよい料理人を探して、方々を当たっておられるのですが……」

思い立ったらじっとしていないのがお妙の本領である。しかし料理人探しの道は険しいものとなっていた。

手はじめに近隣の口入れ屋を当たってみたのだが、奉公先を求めているのは今から板場の修業を始めようという小僧っ子か、せいぜい駆け出しの若造ばかりだとわかった。これは当然のことで、懐石を一人で作るほど腕のよい料理人ともなると、同業仲間の口利きで職場を渡り歩くのが常だ。口入れ屋に頼る必要などないのである。

もとは有名料理屋の娘だったお妙だが、実家の〈柳亭〉が焼失して十年以上経ち、自身も大名屋敷で奉公を続けている間に、すっかり同業者との関わりは絶えていた。残された唯一の頼みが、後添いの母の生家だった。

今朝のことである。蔵の掃除をすませたおけいのもとにお妙が現れ、久しく遠ざかっている知り合いを訪ねたいが、心細いので一緒に行ってくれないかと言い出した。

『今日は出直し神社に里帰りする日でしたね』

『はい。婆さまのお顔を見て、そのままお菓子を探しに行こうと思っています』

前回と同じく、廻り髪結いの仙太郎から教えてもらった菓子屋を巡り歩くつもりだったのだが……。

『私が行くのは浅草の手前です。遠回りになってしまいますが、よければ神社へ行く前に付き合ってくださいな』

お妙の頼みとあれば、少しの遠回りは苦にならない。四つ半に味々堂を出た駕籠は、小柄なおけいの足に合わせてゆっくり紺屋町を離れ、神田川に架かる浅草御門橋を渡った。

『ここで降ろしてください。あとは歩きます』

お妙が駕籠を止めたのは、ご公儀の米蔵が大川に沿って建ち並ぶ浅草御蔵の近くだった。目当ての店はまだ先だと言う駕籠かきに酒手を渡して帰らせると、お妙は着物の褄を取って歩き出した。

『お蔵前の活気は変わりませんね。継母に連れられて遊びに来ていたころと同じです。この先の――』

話の途中だったが、おけいは女店主の袖をつかんで引き戻した。米俵を積んだ荷車が脇をかすめるように通り過ぎたからだ。札差の商人や荷運び人足たちがひしめき合う蔵前の雑踏を避け、静かな横丁へ入ったところで、お妙が途切れていた話を続けた。

『この先の黒船町に継母の実家があります。〈網代〉といって、通人の間では名を知られた料亭なのですよ』

今の店主で四代目となる網代は、江戸の料理屋の中では老舗とされる名店だった。お妙の父親の半兵衛が若いころに板場修業をさせてもらった縁があり、妻を亡くして間もない半兵衛のもとに、網代の娘・お冨士が後妻として納まったのだという。

昔話に区切りがつくころ、黒船町に着いた。網代は思っていたより間口の狭い店だったが、板塀の隙間から見える侘びた茶庭と離れ座敷の佇まいから、蔵前のお大尽たちが出入りするという店格の高さをうかがい知ることができた。

お妙は表戸の前を過ぎ、裏口へまわって案内を頼んだ。待つほどもなく勝手戸を開けて現れたのは、藍色の紬に白襷をかけた四十半ばくらいの男だった。

『もう板場に入っていらしたのですね。お邪魔してすみません』

『こいつは驚いた。あんた、お妙ちゃんか』

武家の妻女のような笄髷を結い、豪華な小袖を身にまとった麗人の顔を、男は穴が開くほどしげしげと眺めた。

『長らく無沙汰をいたしました。私が御殿へ赴く前にお会いしてから、もう十五年になります。でも長次郎さんはあのころとお変わりなく……』

懐かしそうに続けようとするお妙の話を、店主の長次郎が険しい表情でさえぎった。

『いきなり来られても困る。あんたも知ってのとおり、姉のお冨士が亡くなったときに、網代と柳亭との親戚関係は消えた。私たちも昔のような叔父と姪ではないんだ』

『いえ、今日お邪魔したのはお願いがあって――』

お妙は何とか料理人の口利きを頼もうとしたが、またしても長次郎に阻まれた。

『先日の文なら読ませてもらった。返事を出さずに不作法だったが、うちから料理人の紹介はできない。柳亭との縁切りは、三年前に他界したうちの先代がよくよく考えて決めたことだ。今さらくつがえすつもりはないんだよ』

もう来ないでくれと言い残すと、網代の店主は内側から戸をぴしゃりと閉めてしまったのだった。

「またずいぶんと手厳しいね。嫁いだ姉が死んだからって、それまで家族ぐるみの付き合いをしていたのだろう」

「それが婆さま、ひどいのですよ」

さっき聞いたばかりの話を、鼻息も荒くおけいは語った。

「実の子を授からなかったお冨士さんはもちろん、網代の先代や長次郎さんも、身内としてお妙さまを可愛がっておられたそうです。それなのに柳亭が火事を出した途端、今後一切の縁を切らせてもらうと、大名屋敷にいるお妙さまに伝えてきたというのです」

神君家康公による開闢以来、江戸の町はたび重なる大火に苦しめられてきた。失火が大罪である以上、網代としても世間の目を憚らざるをえなかったのだろうが、家族も家も失ったお妙に対してあまりに薄情な仕打ちだと、おけいは大いに憤慨しているのだ。

「人にはそれぞれ事情があるものさ。おまえが腹をたてても仕方がないよ。そんなことより――」

まん丸い頬を膨らませ、アマガエルそっくりになったおけいの顔を、うしろ戸の婆が覗き込む。

「ここで膨れっ面をしている暇があったら、一日も早く自分の役目を果たしてはどうかね。よもやこの婆の言葉を忘れたわけではあるまい」

「それは……」

おけいには出直し神社に仕える者としての役目があった。ひとつは〈くら姫〉に貸した八両のたね銭が、一年後に倍の十六両となって戻ってくるよう、お妙の相談相手を務めること。それからもうひとつ。蔵の中に押し込められているものを解き放てと密かに命じられているのだが、いまだ解き放つべきものの正体さえつかめていない。

黙り込んだ小娘を、うしろ戸の婆の左目がじっと見ていた。白濁した右目と異なり、湧き出す泉のごとく黒々と澄んだ左の瞳に見つめられると、なぜか心の奥底まで見透かされた気がする。

「ほれ、さっさと菓子を探しに行くがいい。目の前の用事を片づけていけば、自ずと役目を果たすことに結びつくだろう」

視線を外して立ち上がった婆は、おけいを見送るついでにつけ加えた。

「おお、そうだ。谷中で閑九郎を見かけたら、婆のところへ戻るよう言っておくれ。あれも気まぐれだから、飛んで行ったきり何日も帰らないのだよ」

閑九郎とは閑古鳥のことだ。貧乏神のお使いだという不思議な鳥を、婆は閑九郎と呼んで可愛がっている。

「わかりました。見かけたら伝えておきます」

こんもりと茂る笹藪の小道を抜け、大寺院の裏道へ出たおけいは、ふと婆の言葉の奇妙なところに気づいた。

（わたし、今日は谷中へ行くつもりだって、婆さまにお話ししたかしら？）

ほうじ茶用の菓子を探すとは言ったが、行き先を告げた覚えはない。それに運よく閑古鳥と出会ったとして、婆さまのところへ帰りなさいと言い聞かせて伝わるものだろうか。考えても答えは出そうにないので、下谷まで来たついでに近くの門前町を通って、掘り出し物の菓子を探すことにした。

神社仏閣の門前町には、蠟燭、線香、書道具などを寺社へ納める店のほか、参拝客目当ての食べ物屋も集まっている。菓子屋があれば中を覗いてみたが、これといったものには行き当たらなかった。

次に谷中へと向かう道すがら、不忍池に沿ってずらりと並んだ露店を見て歩いた。団子や大福餅などを売る店も多く、値段はどれも四文ほどである。ただしこれらは買い食い向きで、〈くら姫〉の客に出せる品ではなさそうだ。おけいは昼餉に味噌饅頭をひとつ買い、埃っぽい人混みをあとにした。

荘厳な伽藍が建ち並ぶ寛永寺の横をすり抜けると、そこはもう鬱蒼たる木々に囲まれた谷中の杜である。天を衝く杉木立に挟まれた道を歩いた先に、やがて大きな坂が見えてくる。団子坂と呼ばれるこの坂を上ったところに根津権現の境内があるのだが、おけいが目指してきたのは坂の下で店を構える茶屋だった。

「すみません、鶯餅をいただいて帰りたいのですが」

ここは廻り髪結いの仙太郎に勧められた店だ。春先の土産物として売り出す鶯餅が名物だと、客から伝え聞いたらしい。

「お待たせしました。一包み二十四文です」

　紙包みには四個の鶯餅が入っている。ほうじ茶に添える菓子の仕入れ値は十文までだから、ひとつ六文は安すぎるくらいだ。

　包みを白衣の袂に入れたおけいは、ひと息ついて目の前の坂を見上げた。まだ日は高い。根津権現に立ち寄って門前町を見て歩いても、明るいうちに紺屋町へ戻れそうだ。

　そう思って歩き出した頭の上を、黒い影が掠めるように抜き去った。とっさに身を屈めて見送ったのは、カラスよりひと回り小さな鳥である。

（あっ、あれは――）

　真っ黒な翼を広げて飛んでゆく鳥を追いかけ、おけいも長い坂道を駆け上がった。石に蹴つまずいて転びそうになりながら、ようやく辿り着いた境内を見まわしていると、頭の上から『あっぽー』と、馴染みのある声がした。

「やっぱり閑九郎だ」

　鳥居の上で胸を張っているのは、目の上だけが老人の眉毛のように白い閑古鳥だった。

「どこを遊びまわっていたの。早く帰らないと婆さまが心配して――」

　境内を歩く人々の奇異の目に気づき、おけいは口をつぐんだ。なぜか閑古鳥の姿が見えるのは、うしろ戸の婆と自分だけなのだ。

「こっちへおいで。おやつをあげるから」

　ささやきを残して人目につかない林の中へ入る。人の言葉がわかるのか、鳥居から下りた閑古鳥もぺたぺたと地面を歩き、おけいの後ろをついて来た。

「ほら、お食べ。不忍池で買ったお饅頭よ」

半分に割った味噌饅頭を、閑古鳥が嘴に挟んで飲み込むのを見ながら、おけいも残りの半分を食べた。塩気の強い味噌饅頭は、やはりお蔵茶屋の菓子としては使えそうにない。

「食べたら出直し神社へ帰りなさい。あんたがいないと婆さまもお寂しいのよ」

賢そうな黒い目でおけいを見上げた閑古鳥は、翼を羽ばたかせて木々の間から飛び立った。婆のもとへ帰るのかと思いきや、さっきの鳥居の上に止まってこちらを見ている。おけいが傍まで来ると、向こうの檜の大木に移り、振り返って『ぽぅ』と鳴く。木の下まで行くと、また先の木へ飛んで追って来るのを待っている。

(これって、出直し神社に案内されたときと同じだわ)

自分をどこかへ連れて行きたいのだと察したおけいは、まだお参りもすませていない権現さまの境内を離れてついて行った。

南側の鳥居の外には、なだらかな丘の斜面を覆うように門前町が広がっている。人通りの少ない町外れまでおけいを誘い出した閑古鳥は、ひときわ大きな石灯籠の上で小娘が追いつくのを見届けると、下谷の空を目指して飛び去ってしまった。

(もう閑九郎ったら、本当に気まぐれなんだから!)

置き去りにされては仕方がない。賑やかな場所まで引き返すか、それともこのまま帰宅するか決めかねているおけいに、思いがけなく声をかけた者があった。

「あの、よろしければこちらをご覧になりませんか」

びっくりして横を見ると、閑古鳥が止まっていた石灯籠の陰から女の顔が覗いていた。後ろに小さな露店が隠れていたのだ。

「どうぞ、お土産に喜ばれるお菓子を置いてございますから」

露店の女が言うとおり、ささやかな店台の上には何種類かの駄菓子が並んでいる。

おけいは妙な気分になった。四十歳くらいの地味な女の顔と、売られている菓子の、どちらにも見覚えがあったからだ。

「もしかして、木戸番小屋のおかみさんではありませんか。小伝馬町の西外れの……」

女は嬉しさと悲しさが入りまじったような顔でうなずいた。

「前に餡玉を買いに来てくださった巫女さんですね。多分そうだと思って声をかけさせてもらいました」

一度きりの買い物だったが、おかみも覚えていたらしい。

「あれからまた餡玉を買いに行って、おかみさんが小屋を出て行かれたと聞きました。まさか谷中にいらっしゃるとは……」

「死んだ亭主を供養してもらった寺が近くにあるんです。そこのご住職のお世話で、この場所を借りることができました」

町はずれだが、なんとか自分の口だけは養っているという女の話を聞きながら、おけいは店台の上に並んだ菓子を品定めした。お馴染みの駄菓子のほかに、花の形をしたものもある。

「こちらの花形のお菓子は何ですか」

「州浜です。きな粉に求肥餅や水飴を加えて練ったものですよ」

州浜はひとつ四文で売られていた。値段の割には小ぶりなように思われたが、色と形は文句なしに可愛い菓子を、おけいもいくつか買って帰ることにした。

「ありがとうございます。またお越しくださいと申し上げたいのですが、巫女さんはこの近くにお住まいですか?」

竹の皮でていねいに菓子を包んで差し出しながらおかみが訊ねる。

「いいえ、わたしは下谷の出直し神社の者です」

「出直し……?」

まるで聞き覚えがなさそうなおかみに、また近いうちに来るかもしれないと言い残して、おけいは根津権現の門前町をあとにした。

◉

早朝の庭に雪が舞っていた。このところ、年明けの暖かさを打ち消すような寒い日が続いている。

いつものように外まわりの掃除をしようと、かじかむ手でくぐり戸を開けたおけいの前に、懐かしい男が立っていた。

「よう、今朝も早いな」

「佐助さん！」

隠しようのない嬉しさが顔に溢れた。植木職人の佐助と会うのは半月ぶりだ。庭造りが終わってても、月に一度は手入れに来ると聞いていたが、まさか今日とは思わなかった。

「去年から探していた植木が手に入ったんだ。店を開ける時刻まで作業させてもらうよ」

佐助が引いて来た小型の荷車を、おけいも手伝って庭へ引き込んだ。荷台の上には薦で巻かれた植木のほかに、なぜか小さな雪だるまものっている。

「染井村では薄く雪が積もっていたけど、町の中はそれほどじゃないと思ったから出がけに作ったという雪だるまが、佐助の手で庭の蹲の横に据えられた。

「ふふっ、可愛いですね」

「こんなものでも女客は喜ぶだろう。いや、でも店が開く時分には溶けちまうかな」

おけいは手近な千両の実や小枝を集め、のっぺらぼうの雪だるまに目鼻をつけ足すと、急いで外の掃除をすませて庭に戻った。

古い石灯籠の横では、すでに佐助が穴掘りを終えていた。新たに持ち込んだ木を植穴に据えたところで、誰かが店蔵の裏から近づく足音が聞こえた。

「佐助さん、朝早くからご苦労さまです」

淡い紫色の傘をさして現れたのは女店主だった。

「おはようございます、お妙さま」

男が首にかけた手拭いを外して頭を下げる。

「年末に間に合わなかった夏椿がようやく手に入りました。下草の手入れもしたいので、昼までお庭に入らせていただきます」

「それは楽しみなことです。よろしくお願いしますよ」

初夏に白い花を咲かせる夏椿は、女店主が最後に思いついて頼んだものだ。本来なら江戸より西の地方に多い木なので、仕入れに時間がかかってしまったらしい。

お妙は枯山水の前に立ち、夏椿の根もとに土を寄せる職人の作業を見守った。小雪の舞う庭にいては風邪をひくのではないかと心配するおけいも、いつしか佐助の働く姿を目で追うことに夢中になっていた。

静かな時間が流れるなか、またしても店蔵の向こうからやって来る者があった。味々堂のおかみである。

「お嬢さま、お駕籠はどういたしましょう。入り用なら小僧を使いにやりますが、このお天気ですからね。お出かけはおやめになったほうがよろしいのでは……」

「いいのよ、おもん」

さした傘を傾け、空模様を見上げてお妙が言った。

「あと半時（約一時間）もすれば雪はやむでしょう。急ぎの用がありますから、駕籠を呼んでおいてくださいな」

「——わかりました。半時後でございますね」

いかにも仕方なさげにおもんが引き下がると、その背中が見えなくなるのを待って、佐助が立ち上がった。

「今の人は味々堂のお内儀ですよね。ひょっとして、柳亭の女中頭をしていたおもんさんと同じ人ですかい」

　そのとおりだと答えるお妙の前で、やっぱり――、と、したり顔の佐助がつぶやいた。

「どうりで見覚えのある顔だと思っていたんだ。そうか、あのおもんさんがここに戻っていたのか……」

「あらまあ、佐助さん。またそんなことを」

　一人で感慨にふける男に、お妙は少々気を悪くしたようだ。

「前にも思わせぶりなことを言っていましたよ。どうせなら、はっきり私にわかるように教えてくださいな」

　お妙が言うのは昨年末、井筒屋が職人たちを引き連れて加勢に来た日のことだ。ようやく庭造りを終えた佐助は、気になる言葉を残して帰っていったのである。

「こいつは参った」

　女店主がおかんむりだと察して、佐助は頭に降りかかる雪を払いながら白状した。

「思わせぶりと言われちゃ返す言葉がない。じつは俺、井筒屋へ弟子入りする前に、柳亭の板場見習いをしていたんです」

　佐助が柳亭に来たのは十五のときだという。同い歳のお妙は、その前年に大名屋敷へ上がっていたので、二人が顔を合わせる機会はなかったのだ。

「黙っていてすみません。火事をきっかけに植木屋へ鞍替え(くらが)しちまったもので、なんだか言い出しにくくて……」

言葉を濁す(にご)植木職人に、柳亭の一人娘は小さくため息をついてみせた。

「そんなことだろうと思っていました。もしよかったら当時の話をしてくださいませんか」

お妙の顔から不機嫌の色が消え、憂いを帯びた表情に変わった。

「私が御殿奉公へ出た二年後に柳亭は焼けてしまいました。数日経ってお屋敷に知らせが届きましたが、私は焼け跡を見ることすら叶い(かな)ませんでした」

本当は何をおいても町方へ帰りたかった。しかし、お妙の身元引受人だった町名主(まちなぬし)は、柳亭の焼失を知らせると同時に、次のような手紙を書いてよこしたという。

『火を出したうえに両親まで亡くなったのだから、今すぐ町方に戻ったところでよいことなどない。せめて人々が火事のことを忘れるまで待ちなさい。それまでは御殿女中として身過ぎをし、自身のために小金をためておくように』

お妙は町名主の助言に従うしかなかった。店の後始末も、両親の弔いさえも人に任せて、御殿に留まる(とど)ことにしたのだった。

「ですが、その間ずっと心にかかっていることがありました」

うつむき加減に話していた美しい顔が、つと、佐助を見上げた。

「あの日……、火事があった日、柳亭でいったい何が起こったというのでしょう」

なぜ父親と継母は逃げ遅れたのか。とりわけ火の始末に厳しかった柳亭で、どうして火事など起きてしまったのか。考えても答えの出ない疑問が、頭から離れないのだという。

「女中頭だったおもんに聞いても答えてくれません。当日のことは何ひとつ覚えていないと首を横に振るばかりです。でも佐助さん。もし、あなたが居合わせていたのなら――」

お妙の長い睫毛に縁どられた瞳が、淡い期待に揺れている。

佐助は眉尻を下げて立ち尽くしていたが、やがて喉の奥から声を絞り出した。

「変な期待をさせちまったのならすみません」

お妙から目をそらし、足もとの下草に向かって詫びる。

「俺も、あの日のことは覚えていません。気がついたら店が火の海で、手がつけられなかったこと以外は何も……」

自分の働いていた店が燃えたのに、何も覚えていないというのである。どこか苦しげな佐助を見上げるおけいの頭の中に、うしろ戸の婆から与えられた役目のことが、ふとよぎるのだった。

根津権現へと続く坂道で、前をゆく駕籠がゆっくりと止まった。

歩いて坂を上ってきたおけいは、駕籠から降りようとするお妙に走り寄って手を貸した。

「もう降ってくることはなさそうですね」

お妙の言葉に空を見上げると、紺屋町を出る直前まで白いものを降らせていた雪雲が、風に吹かれて遠ざかろうとしている。

「お店はあの横道にあったと思います」

先に立ったおけいは、お妙がぬかるみに足を取られないか気にしながら歩き出した。

二人が訪ねようとしているのは、元木戸番小屋の女房が駄菓子を売る露店だった。おけいが三日前に持ち帰った花形の州浜を、女店主のお妙はひと目見て気に入り、さっそく〈くら姫〉に卸してもらえるかどうかの相談に出向くことにしたのだ。

「確かこの辻を曲がった石灯籠の向こうに店が――」

見覚えのある横道に入ったおけいは、はっとして足を止めた。

大きな石灯籠の横に人だかりができている。どう見ても駄菓子を買いに集まった人々ではなさそうである。

小柄なおけいの頭越しに前を見ていたお妙も、ただならぬ雰囲気を感じたようだ。

「何か、あったようですね……」

そのつぶやきが終わるより早く、おけいは走り出していた。遠巻きに見物している野次馬たちの中に飛び込み、巧みに脚の間をすり抜けて前へ出る。

（あっ、あれは――）

人垣の向こうには、横倒しになった露店の店台と、泥の上に膝をつく元木戸番小屋の女房の姿があった。憎々しい面構えの男が二人、前に立って女房を見下ろしている。

「馬鹿な女だ。素直に言うことを聞いてりゃ、こんなことにはならねぇのによ」

「ほら、そいつもよこせ。全部ばらまいてこいと、元締めに言われてるんだ」

男が手を伸ばそうとしたのは、女房が抱き込んでいる菓子箱だった。

「これだけは勘弁してください。もうすぐお客さまが買いに来られるんです」

「知るか。さっさとよこしやがれ」

男が力ずくで箱を奪い取ろうとし、女房が必死に守ろうとする。それを目の当たりにしたおけいは、後先かえりみず飛び出した。

「やめてくださいっ」

「な、なんだ、このちっせえのは」

男はいきなり自分の脚にしがみついた小娘を払い落としにかかった。

「おいこら、どこの巫女だか知らねぇが、おまえも痛い目にあいたいのか」

なかなか離れようとしないおけいを、もう一人の男が襟首つかんで引きはがし、放り投げようとする、まさにそのとき――、野次馬の中から落ちついた声が上がった。

「およしなさい。その人を放すのです」

「誰だっ、てめぇは、ええと、その……」

男の罵声は途中で勢いを失った。ざわつく人垣を割って現れたのが、武家風の笄髷を結い、豪華な小袖を身に纏った美しい女だったからだ。

「それは私の連れです。早く放しなさい」

威厳のあるお妙の口調に、男の力がゆるんだ。身をよじって逃れたおけいは、やはり毒気を抜かれているもう一方の男と元木戸番小屋の女房との間に素早く割って入った。

「あっ、この野郎……」

「おやめなさいと言っているのです。これだけやれば十分でしょう」

お妙が見下ろす地面の上には、州浜や豆板などの菓子が散らばり、無残にも踏みしだかれている。

「なんだよ、あんた。これは俺たちの仕事なんだ。関係ないやつは邪魔しないでくれ」

「私も仕事があって来ました」

形勢を立て直そうとする男に、お妙はつんと尖った顎を上げて言い放った。

「そこにいるおかみさんに大事な用があるのです。あなたがたこそ邪魔をしないでお下がりなさい」

うう……とうなる二人の男は、明らかに気圧されている。

「おい、行くぞ」

「お、おう」

身分の高い武家の妻女が相手では後々面倒だと思ったか、野次馬たちを蹴散らしながら立ち去っていった。

「ありがとうございます。本当に助かりました」

元木戸番小屋の女房は、何度も頭を下げて礼を言った。

倒された店台はもとどおりに起こされ、道端に散らばった菓子の残骸を、おけいが拾い集めているところだ。

「ひどいことをする人たちですね。このあたりの地回りですか」

眉をひそめたお妙の問いに、女房はため息まじりにうなずいた。

「露天商の元締めさんが使っている若い人です。ここに店台を置いてひと月も経たないうちに二度値上げした場所代を、また上げると言われたものですから……」

さすがのおとなしい女房も、場所代を取りに来た男に苦情を言って追い返した。すると今度は、荒くれた若い衆が押しかけてきたというわけだ。

「仕方ありません。ここでは朝から夜遅くまで商いができます。場所代を惜しんだ私もいけなかったのです」

根津権現の門前町は遊郭があることで知られている。昼の時分に歩いているのは参拝客ばかりだが、日が暮れると仕事を終えた男衆が朱塗りの行灯を目指してやって来るのだ。

「申し遅れました。私はおしのと申しまして、見てのとおり、しがない駄菓子の作り売りをしております。失礼ですが、お助けくださいましたのは、どちらの奥方さまでございましょう」

へりくだって訊ねる女房に、お妙はいたずらっぽく笑ってみせた。

「あら、奥方さまだなんて……。私は武家の出ではありません。世間で威を張って生きるためにこんな格好をしていますが、あなたと同じ素っ町人です。妙とお呼びください」

あっけらかんと言ってのけると、お妙は自分が紺屋町の古蔵で茶屋を営んでいることや、連れのおけいが神社から遣わされた相談相手であること、そして、お茶に添えて出すための菓子を探していることなどを明かした。

「そうだったのですか。紺屋町の、古蔵で……」

おしのと名乗った元木戸番小屋の女房は、じっとお妙の顔を見ていた。

一方の女店主は、最初に茶屋を開いたときの失敗談から再開に漕ぎつけるまでの経緯や、〈くら姫〉の商いについて話して聞かせた。

話の中身よりなぜかお妙の顔が気になる様子のおしのだったが、ほうじ茶に添える菓子として、木戸番小屋の餡玉の名前が挙がったと聞いたときだけ顔を紅潮させた。

「まあ、私の餡玉を」

「そうです。このおけいちゃんが気に入って、私にも食べさせようとしてくれたのですが、そのときにはもう……。でも、ここで再びおしのさんの店を見つけてくれました。これは神仏のお導きに違いありません」

ようやく、お妙は相談を持ちかけた。

「どうでしょう、あなたがお作りになった州浜を、私の茶屋に卸してもらえませんか」

正月二日の店開きから半月になるが、〈くら姫〉の盛況ぶりは変わらない。三通りの茶の中では求めやすい値段のほうじ茶を注文する客が多く、今は一日に百個以上の金つばを仕入れている。これは菓子を作る側からみても悪い話ではないはずだ。

「裕福な娘さんや奥さまがただけでなく、もっと幅広い女の方に楽しんでいただける茶屋にしたいと思っています。そのためにも、ほうじ茶には、素朴でありながら季節に応じた華やぎを感じられる菓子を添えたいのです。おしのさんの州浜なら、きっとお客さまに喜んでいただけることでしょう」

お妙の熱心な誘いを受けても、肝心のおしのは黙ったままで、何か別のことを考えているようだ。具合でも悪いのかと、傍らに控えていたおけいが心配しはじめたころ、今度は話の筋と違うことを言い出した。

「あの……、お茶屋があるのは紺屋町だとおっしゃいましたね。古い蔵に手を加えてお茶屋にしたと」

「ええ、言いましたけど」

首をかしげながら、女店主がうなずく。

「実家が紺屋町で料理屋を営んでいました。今は蔵しか残っていませんが——」

「ああ、やっぱりそうだ！」

おしのが高い声を上げた。

「お名前をうかがったときから、もしかしたらと思っていました。昔の面影が残っていらして……。柳亭のお妙さまですね。あの、おしゃまで愛らしかったお妙さまに違いありません」

おけいは夢をみていた。夢であることが自分でわかっている不思議な夢だ。

夢の中のおけいは、うららかな春の庭を見下ろしていた。

緑豊かな植栽(しょくさい)の向こうでは、幼女が毬(まり)つきをして遊んでいる。

〽おひとつ、おふたつ、みっつで三日夜。お餅を三つ上がりゃんせぇ
子守り娘の歌に合わせて毬をつく幼女の足もとに、塀の外から結び文(ぶみ)が投げ込まれた。

『これ、なあに?』

手紙を拾って読んだ子守り娘は、慌ててどこかへ行ってしまった。怖い鬼がいる古蔵には絶対に近寄らないよう幼女に言い残して。

〽よーっつ、夜更けに、鬼こが来るぞ。お餅を四つ上がりゃんせぇ
なかなか子守り娘は帰ってこない。

幼女がおざなりについた毬が、飛石の縁にあたって横へ跳ねた。毬は思いのほか大きく弾み、ころころ、ころころ、どこまでも転がっていく。

『まって、まってー』

庭の奥には柳の木が何本も植えられている。地面につくほど垂れ下がった枝をかき分け、毬を追いかけていた幼女は、はたと走るのをやめた。

ひときわ立派な柳の向こうに、大きくて古びた蔵があった。

人喰(ひとく)い鬼が住むという蔵の前に、お気に入りの毬は転がっている。

『へいきよ。ちょっと行ってひろうだけだもの』

幼女は足を忍ばせて蔵へ近づくと、毬をつかんで引き返そうとした。そこへ——。

〽いーつつ、いざよい、姫さが待つぞ。お餅を五つ上がりゃんせぇ

手毬歌の続きが聞こえた。鬼が歌っているとは思えない優しい声で。

見上げる二階の窓から薄紅(うすべに)の花びらがまかれ、ひらひらと舞って扉の前に落ちた。

扉がわずかに開いていることに気づいた幼女は、吸い寄せられるように暗い古蔵の中へ身を滑り込ませ、二階へ続く急な階段を上がった。

二階には頑丈な格子(こうし)で仕切られた座敷があった。格子の向こうに広がる景色を見て、幼女は思わず声を上げた。

『わぁ、きれい……』

そこは花が咲き乱れる夢の園だった。満開の桜の大枝が何本も生けられ、部屋の中を隙間なく彩っている。

よく見れば、風もないのに花びらを散らせる桜に紛れて、白髪の女が立っていた。

薄紅の小袖に白い打ち掛けを羽織った女は、桜の小枝をかざして舞いはじめた。

〽むーっつ、婿(むこ)さが、お宿をかえた。お餅を六つ上がりゃんせぇ

歌に合わせて回るたび、純白の髪が背中でなびく。

優雅な足取りで舞う女は、いつの間にか格子の前に立って幼女を覗き込んでいた。

女の顔が若く美しいことに幼女が気づいた瞬間、たがの外れた笑い声とともに小枝が振り下ろされた。

格子に激しく叩きつけられた小枝から花びらが舞い散り、幼女の頭上に降りかかる。

幼女は怖くなって逃げ出した。階段を慌てて下りる途中、小さな足が踏み板の上でつるりと滑った。

「危ない、お妙さま!」

自分の声に驚いて、おけいは目が覚めた。いつの間にかうたた寝をしていたらしい。

起き上がって東側の窓を開けてみる。空には十六夜の月が昇りはじめたばかりで、夕餉を終えて蔵に戻ってから半時も経っていないとわかった。

おけいが冷たい夜気に首をすくめ、窓を閉めようとすると、裏庭のほうから小さなあかりが近づいて来るのが見えた。

(あれは……)

行灯を手にして階段を下り、蔵の扉を開ける。月明かりの下に立っていたのは、総髪をひとつに束ねた若い男だった。

「いらっしゃい、仙太郎さん」

「こんばんは」

土間に入って自分の瓦灯を吹き消すと、仙太郎は袂から紙の袋を取り出した。

「得意先の近くで醬油煎餅を買ってきたよ。このところ甘い茶菓子ばかり試しているみたいだから、しょっぱいものも欲しかろうと思ってさ」

「嬉しい。たまにはお煎餅が食べたいなんて思っていたんです」

廻り髪結いの仙太郎は、毎晩のようにおけいが一人で過ごす蔵に顔を出しては、客先で耳に挟んだ菓子の噂を教えたり、お蔵茶屋の様子をあれこれ聞きたがったりする。決して座敷に上がり込んだりはしないのは、見た目は幼くても十七の娘である自分に気をつかっているからだろう。

そんな細やかな気配りができる仙太郎に、おけいが気を許しているのはもちろん、お妙も信頼を置いている。腕のよい髪結いでさえなければ、裏方として〈くら姫〉で働いてもらうところなのに……と、おけい相手にこっそり本音をもらすくらいだ。

今夜も仙太郎は上がり口に腰をおろし、ほうじ茶に合わせる菓子がどうなったかを知りたがった。

「お妙さまと根津権現まで行ったんだろう。木戸番小屋のおかみさんには会えたのかい」

「会えたどころか、びっくりすることがあったんですよ」

おけいは勢い込んで門前町でのあれこれを話しはじめた。

元木戸番小屋の女房が、地回りたちの手で店台を滅茶苦茶にされていたことや、その乱暴な男たちを、お妙がたんかを切って追い払ったことなどを聞いて、仙太郎は小気味よさそうな声を上げた。

「格好いいなぁ。聞いただけで惚れ惚れしちゃうよ」

「わたしも見ていてそう思いました」

明るく相槌を打ったあとで、おけいは少し声をひそめた。

「それからね、意外なことがわかったんです。あのおかみさん、名前をおしのさんとおっしゃるのですけど、お妙さまがお小さいころの子守りをしていたそうなんです」

門前町の外れで聞いた昔話を、おけいはそのまま仙太郎に話して聞かせた。

おしのが柳亭で子守り娘として働いたのは、今から二十四年も昔のことだ。しかも一年足らずの短い奉公だった。お妙が古蔵の階段から落ちて怪我をしてしまい、その日のうちに暇を出されてしまったのだという。

「じゃあ、お妙さまが怪我をした古蔵っていうのは……」

「ええ、この店蔵のことです。おしのさんがほんの少し目を離した隙に、お庭にいるはずのお妙さまがいなくなっていて、そこの階段の下で倒れていたそうです」

おけいが指差したのは、梯子のように急な階段だ。

「おしのさんが言うには、当時の柳亭で蔵への出入りが許されていたのは、上女中のおもんさんだけでした。お妙さまとほかの奉公人たちは、決して蔵に近寄らないようにと、大旦那さまから言い渡されていたらしいのです」

大旦那さまとは、一代で柳亭を築き上げたお妙の祖父のことだった。跡取り息子の半兵衛に店主名を譲り、自分は隠居名の半翁を名乗っていたが、当時はまだかくしゃくとして奉公人たちににらみをきかせていたらしい。

「お妙さまの実のお母さまが蔵でお亡くなりになったものですから、そんな縁起の悪いところに誰も近づくなと、大旦那の半翁さまはうるさくおっしゃっていたそうです」

まだ幼いお妙に対しては、古蔵の中には子供を喰う鬼が住んでいるという作り話で脅かしていた。それにもかかわらず、お妙は怖がっていたはずの蔵へ入り、階段から落ちて頭を打った。本人は覚えていないらしいが、今でも蔵の階段に足をかけただけで眩暈がするというのは、そのせいかもしれない。

「どこの家にも表に出せないことがあるものだよ。そりゃそうと、肝心のお菓子はどうなったのさ」

昔のことに興味のなさそうな仙太郎が、隙をみて話を戻した。

「木戸番小屋のおかみさん――おしのさんは、〈くら姫〉の菓子を作ってくれるのかい」

「それが、残念ながら……」

おけいは言葉を濁した。門前町でひどい目にあったのだから、おしのは喜んで引き受けてくれると思った。お妙もそう考えていたはずだが、本人だけが乗り気でなかった。

愛らしい幼女から美しい女店主へと成長したお妙の前で、おしのはやつれた顔を伏せて次のようなことを言った。

自分は駄菓子を扱っているが、立派なお茶屋に卸す菓子など作ったことがない。それに加えて、父親が商いに失敗した苦い思い出があり、大きな商いに関わるのは怖いのだと。

「心配することはないって、お妙さまは言ったんです。おしのさんの州浜は見た目も可愛くて美味しかった。必ず大勢のお客さまが注文してくれるからと、重ねてお願いしたのですけど」

おしのは首を縦に振らなかった。泥だらけの着物のまま、地回りから守った菓子箱を抱えてうつむく姿に、それ以上の誘いはやめて帰ってきたのだった。

仙太郎が引き上げると、おけいも寝間にしている二階の物置に戻った。広い板の間の大部分は闇に溶け込み、床に置いた行灯のまわりだけがぼんやり明るい。ネズミの足音すらしない静けさの中にあって、おけいは怖さを感じていなかった。一人でいるのは怖くない。一人ぼっちを寂しいと感じることが怖いのだと、子供のときから知っている。

（お妙さまのお母さまは、寂しくなかったかしら）

生まれて間もない娘と引き離され、この蔵で養生していたという若い母親の姿を、おけいは暗闇の中に思い描いてみた。

目に浮かぶのは、お妙にそっくりの意志の強そうな美人だ。きっと病みやつれてもかがやきを失うことなく、亡くなるまでの時を過ごしたことだろう。

ぼんやり考える頭の中に、ふと、うたた寝に見た夢の一幕がよみがえった。

（もし、あれが本当にあったことだとしたら、蔵の二階にいたお母さまが、お妙さまを呼び入れようとしたのかも……）

それはありえないことだと、すぐに気がついた。お妙が蔵の階段から落ちたのは五歳のときで、実母はそれより三年も前に亡くなっている。

おけいはいったん考えるのをやめ、広々とした床に夜具を敷いた。

初めてこの物置に入ったときに置かれていた木箱や建具の数々は、すでに大半が骨董屋の味々堂に買い上げられた。格子で隔てられた奥の間にある長持も含め、残っている荷物はすべておけいが中身を確かめた。

結局、いわくありげなものは見つからなかったのだが、なんとなくわかってきたこともある。うしろ戸の婆が言った、『古蔵に押し込められているもの』とは、蔵にしまい込まれた荷物を指しているのではない。おそらく人の目で見たり触れたりすることのできない何かが、この古蔵に秘められているということだ。

（それらを解き放つために、わたしは何をしたらいいのかしら）

行灯の火を消して、おけいは夜具にもぐり込んだ。真っ暗な天井を見上げながら考えようとしたが、すぐに健やかな眠りの中へ引きこまれていった。

◉

翌日から風向きが変わった。明け方の冷え込みこそ厳しかったものの、日が高くなるにつれて寒さがゆるみ、ほのかな花の香りまで漂ってくる。まだ〈くら姫〉の庭に植えられた梅は一輪も咲いていないので、どこか別の庭で開いた早咲きの梅が、風に香りを運ばせているのだろう。

もうそこまで来ている本格的な春を感じながら、おけいはいつものように店蔵の広い床を拭き清めていた。

「すまんが、上がらせてもらってもいいかね」

いつ来たものか、味々堂の店主が土間に立っていた。

「おはようございます。どうぞお入りください。お座敷の掃除は終わりました」

大柄で恰幅がよく、古希が近いとは思えない老人は、礼式のお手本のような所作で座敷に上がった。枯葉色の茶羽織を着込み、摺り足で音もたてずに歩く姿は、何度見てもカタツムリが畳の上を這っているかのようだ。

おけいが外まわりの掃除をすませて蔵へ戻ると、味々堂の手代が入れ違いに出て行くところだった。炉のまわりには煎茶点前の道具がそろい、亭主席に座った蝸牛斎が、手ずから懐紙の上に菓子を置いている。

「今から煎茶に添える二月の菓子を選ぶのだよ。あんたも座りなさい」

次客の席を示した蝸牛斎は、おっつけお妙も来るからと、茶の支度を始めた。小さな茶出しを扱う太い指が驚くほどなめらかに動き、さりげない調子で口も動く。

「婆さまは達者だったかね」

あまりにさりげなく、自分が問いかけられたと気づかなかった小娘に、元茶坊主の老人は重ねて訊ねた。

「四日ほど前だったか、出直し神社へ里帰りしてきたのだろう。うしろ戸の婆さまに変わりはなかったのかね」

「は、はい。元気にしておられました」

今度はおけいもまともに答えた。一月だというのに真夏のような帷子(かたびら)姿で平然としていたことを話すと、蝸牛斎は肉の弛(たる)んだ喉の奥で低く笑った。

「相変わらずだな。だが息災ならなによりだ」

婆さまのことをよく知っている口ぶりだ。

ふと、おけいは思い当たった。もしかしたらこの蝸牛斎も、人生の節目に出直し神社へ赴き、たね銭を振り出してもらった一人なのではなかろうか。

気になるところだが、たね銭を借りた客のことは、一年後の倍返しがすめば忘れるのが礼儀だと、婆さまから教えられている。

「ところで、おけいちゃん」

開きかけた口をつぐんだおけいに、蝸牛斎が煎茶を注ぎ分けながら言った。

「あんた、なぜあの婆さんが〈うしろ戸の婆〉と呼ばれているか知っているかね」

知らない。奇妙な呼び名だとは思ったが、とくに由来を訊ねたことはない。そう答えると、お妙がやって来るまでの暇つぶしとでも思ったか、蝸牛斎が語りはじめた。

「お寺の本堂に入ると、正面に釈迦(しゃか)や阿弥陀(あみだ)などのご本尊がお祀(まつ)りしてあるだろう。あのご本尊さまの裏側には、背中合わせに別の神仏像が置かれていることがある。宗派にもよるだろうが、西国の古刹にみられる風習だと聞いている。とにかくご本尊の裏をお守りする神を、うしろ戸の神と呼ぶのだ」

「うしろ戸の神……」

初めて耳にする名前だった。おけいの養父母が続けざまに亡くなった際、地元の檀那寺で優しいお顔を向けてくださった観音さまの後ろには、どんな姿をした神さまがいたというのだろう。

「うしろ戸の神というのは、本尊の仏さまと正反対のお顔を持つものなのだよ。たとえば慈愛の相を浮かべた観音菩薩の裏には、馬頭観音や摩多羅神など、忿怒の相をあらわした荒々しい像が置かれていたりする」

そんな怖い神さまがいたとは知らなかった。でも、どうしてそれが出直し神社をお守りする婆さまの名前になったのか、話が肝心なところへ行き着く前に、お妙がかけつけた。

「お待たせして申し訳ありません。髷を整えるのに手間取ってしまいました」

座敷に上がりながら詫びる女店主の髷には、いつもの蒔絵の塗物ではなく、手の込んだ象牙細工の笄が使われていた。青磁色の地に梅の花が咲く里村の景色を描いた着物も、おけいが初めて目にするものだ。今日はこのあと大事な商いの相手と会うのだろう。

いつにも増して美しい女店主が席につくのを待って、蝸牛斎の用意した煎茶が出された。折敷にのっているのは茶碗だけで、お菓子は懐紙にのせたものが別に配られた。

「あら、きれい。椿屋さんの有平糖ですね」

見るなりお妙が言い当てた。前回の菓子選びの際にも持ち込まれた有平糖が、また今回も登場したわけだ。

「あれから茶会で顔を合わせるたび、椿屋の店主に切なそうな顔をされるのでなぁ。いやはや、わしも困った立場だよ」

困ったという割には楽しげな顔で、老人は禿頭をつるりとなでた。

椿屋の店主は菓子屋のたしなみとして茶道に通じている。高価な名物茶器の蒐集家としても知られ、骨董を商う昧々堂にとっては大事なお得意さまらしい。

「なにしろ〈くら姫〉で出される茶と菓子の折敷は大評判だ。しかも町方の娘さんたちの間で噂が広まるにつれ、茶菓子を卸している店にも若いお客さんが訪れるようになった。それを知った椿屋さんが、ぜひ自分の店の有平糖も使ってほしいと熱心に働きかけてくるのだよ。ほれ、このとおり」

見本として届けられたという立派な菓子箱に目をやって、お妙は嬉しさと困惑の入りまじった笑みを浮かべた。

季節の花のほかに松葉や千代結び、小鳥に水文など、色も形も豊かな砂糖細工の有平糖は、茶会に華やかさを加える菓子であることはわかっている。しかし、五十文の折敷に添えるには、いささか満足感に欠けるという理由で、前回はお流れになったのだ。

女店主の困り顔に気づいたのか、蝸牛斎は次の菓子を懐紙にのせてまわした。

「この干菓子は、白雪糕のように見えますが……」

お妙が言うように、薄紅の梅の花をかたどった干菓子は、店でも出している四方屋の白雪糕にそっくりだった。

「まあ、食べてごらん。違いがわかるから」

手もとで半分に割った菓子を口に含み、おや、という顔をしたお妙を見て、おけいも自分の菓子をかじる。

「あ、歯触りが違う。味も……」

「面白いだろう。材料は似ているが、こちらは米粉のほかに小麦や大豆も使っている。御室堂の店主はこれを落雁と呼んでいた」

「あら、でも落雁は──」

わかっている、と、蝸牛斎が何か言いたそうなお妙を制した。

「江戸で落雁と言えば、炒った干飯を砕いて蜜でかためたものを思い浮かべるだろう。しかし西国ではこのような菓子を落雁と呼ぶことが多かった。茶会の菓子としての使い勝手もいいし、いずれ江戸でもこちらが主流になると、わしはにらんでいる」

かつて西国の小藩で茶坊主をしていた蝸牛斎の見通しは信用できる。しかしお妙は手もとにある半欠けの菓子を見ながら眉を曇らせた。

「ですが、肝心のお客さまはどうでしょうか。今のところ煎茶の折敷を注文されるお客さまは少ないのですが……」

干菓子が物足りないと思われていることは、客同士のおしゃべりを聞いても明らかだった。白雪糕から落雁に変えたところで同じではないかと、お妙は言いたいのだ。

「さてどうしたものか。なあ、おけいちゃんよ」

手もとの菓子をきれいに食べてしまった小娘に、思案顔の老人が水を向ける。

「あんたなら、どちらの菓子を推すかね」

煎茶の旨味(うまみ)と、口に残る落雁の余韻を味わいながら、おけいは慎重に言葉を選んだ。

「有平糖はおとぎ話に出てくる宝物のように綺麗(きれい)ですし、落雁は煎茶と一緒にいただくと本当に美味しいと思いました。ただ、どちらを選んだとしても、吉祥堂さんの非の打ちどころのない主菓子や、ほうじ茶用の食べ応(ごた)えのあるお菓子と比べたときに、影が薄くなってしまう気がします」

客の身になって考えれば、やはり煎茶の折敷は二のつぎ、三のつぎになるだろう。

「有平糖と落雁の両方がいただけるのなら、注文する甲斐(かい)もあると思うのですが……」

残念そうなおけいに、蝸牛斎が頭を横に振ってみせた。

「客としては嬉しかろうが、それは無理というものだ」

煎茶の折敷に添える菓子の仕入れ値は二十文まで。両方の菓子を合わせれば軽く上限を超えてしまう。

だがそのとき、手の上に残った半欠けの落雁を見つめていた女店主が顔を上げた。

「いいえ、無理ではないかもしれません」

「おいおい、お妙さんまで」

呆(あき)れる老人の前で、お妙は新しい折敷を用意し、半分の落雁を置いた。次に箱の中から選び出した松葉の有平糖をふたつに折って、落雁の横に塩梅(あんばい)よくのせる。

「このようにひとまわり小さなものを特別に作ってもらうのです。仕入れ値の目安はどちらも十文。これなら両方のお菓子をお客さまにお出しすることができます。問題は椿屋さんと御室堂さんが引き受けてくださるかどうかです」

蝸牛斎が、ううむ、とうなって腕を組んだ。

「落雁は型押しだから、小さな木型さえ作ってしまえばあとの手間は同じだ。おそらく御室堂は引き受けるだろう。やっかいなのは有平糖だな。あれは職人が手捻(てびね)りで作るものだから、小さければ小さいほど手間がかかってしまう」

「でも椿屋さんは、〈くら姫〉に商品を卸したいと働きかけてくださったのでしょう」

お妙はすっかりその気になっているようで、老人に頼み込んだ。

「一度、椿屋さんとお話をさせてくださいな。どのみち今から吉祥堂さんまでご一緒していただくのですから、よろしければ、その帰りにでも……」

勝手に段取りをつけるそばから、茶道具を片づけはじめている。

「これこれ、椿屋さんの都合をうかがうのが先だよ。まったく気の早いお嬢さんだ」

ぼやく蝸牛斎の目が、嬉しそうに笑っている。

まるでやんちゃな孫娘の相手をするお祖父(じい)さまのようだと、今後の策を練り上げる二人を、おけいは微笑(ほほえ)ましく思った。

杉木立の道を大勢の人が行き来している。春めいた陽気のなか、おけいは一人で根津権現の門前町へ向かっていた。

煎茶の菓子選びを終えたのち、お妙と蝸牛斎は連れだって日本橋の吉祥堂へ出かけて行った。おけいも一緒にどうかと誘われたが遠慮した。抹茶と煎茶用の菓子が決まりかけているのに、自分に任されたほうじ茶用の菓子だけが中ぶらりんでは心もとない。

先だって仙太郎に勧められた団子坂下の鶯餅（うぐいすもち）は、味はよかったものの肝心のほうじ茶に合わなかった。これは番茶に合わせるものだろうというのが、吟味したお妙の答えだ。

『残念ですね。おしのさんの州浜なら見た目も可愛らしくて、なによりほうじ茶に合っていたのに……』

女店主は、おしのの州浜に未練を残している。そう思ったおけいは、根津権現まで舞い戻ってみることにしたのだ。

門前町の坂を上がり、大きな石灯籠の横を見ると、暗い色の着物に黒い帯を合わせた女が店の支度をしていた。なんだか影が働いているように見えなくもない。

「こんにちは、おしのさん」

元木戸番小屋の女房が、店台に菓子を並べる手を止めた。

「おけいさん、でしたね。昨日はありがとうございました」

礼を述べながら、まわりに目を走らせる。

「お嬢さまはご一緒でないのですか」

「お妙さまでしたら、抹茶の折敷に添える菓子を見に行かれました」

ほうじ茶用の菓子探しを自分が受け持っているのだと答えると、おしのは申し訳なさそうな顔をした。

「助けていただいたというのに、せっかくのお申し出をお断りしてしまって……。お嬢さまもお気を悪くされたことでしょうね」

「まさか。むしろ、おしのさんに対して引け目を感じておられるご様子でしたよ」

自分が禁じられた蔵に入ったことで、子守り娘だったおしのは柳亭を追い出された。それが本当ならずいぶんと罪なことをしてしまったものだと、お妙は門前町の坂を下りる道々、おけいにもらしていたのだった。

「そんな、お嬢さまに罪なんて……」

消えそうな声でつぶやくおしのの前に立ち、おけいは店台に置かれた箱の中を覗き見た。昨日と同じ豆板やきなこ棒などの駄菓子のほかに、花形の州浜も並んでいる。

「本当は小伝馬町にいたころのように、安倍川餅の注文を聞いたりしたいのですが、作り置きのできないものには手がまわらなくて」

菜箸を使って菓子を並べるおしのの目の下には、色の濃い隈が浮いている。朝の四つ半から夜の五つ過ぎまで店を出すとすれば、菓子作りは夜中の作業になるのだろう。

「今日は再度のお願いに上がりました」

店台を整えたおしのを見上げ、おけいは改めて切り出した。

「ほうじ茶に添えるお菓子として、州浜を作っていただけませんか。しつこいことを言ってごめんなさい。でも、おしのさんの州浜なら必ずお客さまに喜んでもらえるのにと、お妙さまはとても残念そうでしたよ」

「お嬢さまには申し訳ないと思っています。けど……」

おしのは頭を下げたきり動かなかった。駄菓子を買いに来た客が、重苦しい雰囲気を察して引き返してしまったことにも気づかないまま、じっと唇を噛んでいる。

相手を困らせていることがわかっていても、その場から消えることができないおけいの耳に、やがてぼそぼそ低い声が聞こえてきた。

「お菓子作りに自信がないわけじゃありません。前にも言ったと思いますが、私が恐れているのは商いそのもの。大きな商いに飲み込まれてしまうことが怖いんです」

「飲み込まれる……？」

思ってもみない言葉だったが、続けておしのの口から出てきたのは、もっと思いがけない話だった。

「私のお父つぁんは、商いに飲み込まれて死にました。首をくくる前の日まで、決して高望みをするな、分不相応な商いには手を出すなと、まだ小娘だった私に言い続けて」

「…………」

黙り込んだおけいを安心させるかのように、おしのは口の端で笑ってみせた。

「変な話をしてごめんなさい。おかしいですよね、四十近くにもなって大昔のことを引きずっているなんて……。こんな意気地のない女は、露店で細々と日銭を稼ぐのが似合いです。華やかなお茶屋に関わるなんて、身のほど知らずの真似はできません」

低い声で紡がれる言葉は、己を納得させようとしているようにも聞こえる。

「お嬢さまにお伝えください。お気持ちに添えないしのをお許しください、立派になられたお姿を拝見して本当に嬉しかった、と」

きれいに締めくくられてしまっては、おけいも退散するよりほかはない。足取り重く立ち去ろうとしていると、おしのに呼び止められた。

「少しだけお待ちくださいな。うちの駄菓子をお土産にお包みします。お嬢さまは甘いものがお好きでしたから」

子守り娘のころを思い出したのか、おしのはいそいそと包み紙の上に菓子をのせはじめたが、その様子を見るおけいの胸の内はすっきりしなかった。

(これで終わりにしていいのかしら)

考えてみると、おけいがここへ来るきっかけを作ったのは閑九郎だった。気まぐれな閑古鳥に引きまわされて、元木戸番小屋の女房と再会したのだが、そもそも、あれは偶然だったのだろうか。

「お待たせしました、これをお嬢さまに。それから、今さらこんなことをお聞きするのは筋違いでしょうが……」

迷いの中にいるおけいの前で、包みを手にしたおしのが遠慮がちに訊ねた。

「お嬢さまのお茶屋で抹茶用として選ばれたのは、どのお店のお菓子ですか」

自分への申し出を断っても、やはり茶屋の菓子のことが気になるのだ。おけいは考えた末に内緒で教えることにした。

「今月に引き続いて、日本橋の吉祥堂さんに決まりそうです」

ばさっ、と、足もとで音がした。

「き、吉祥堂？　いま、吉祥堂と……」

地面に菓子の包みが転がり、おしのが指先を震わせている。

「なんてことだろう。選りによって、あの吉祥堂がお嬢さまのお茶屋に菓子を卸しているなんて！」

落ちた菓子もそのままに、おしのは震える手でおけいの肩をつかんだ。

「おけいさん、私はどうしたらいいのでしょう。お父つぁんが言い残したとおり、一切の高望みはせず、地道に生きることだけを考えて、この歳までやってきたんです。これからもそうすると自分に言い聞かせていたのに……」

取り乱すおしのの瞳の中には、青白い火が燃えていた。

「でも、こんな機会はもう二度とないわ。あの店主をあっと言わせることができたら、お父つぁんの無念も……」

詳しい事情を知らないおけいには何も言えなかった。ただ、これこそが神さまのお引き合わせだと信じて、おしのを出直し神社に誘ってみることにしたのである。

◎

　東の夜空を少し欠けた月が照らしていた。

おけいが五つどきの鐘を聞きながら店蔵を出ようとしていると、すぐ後ろで声がした。

「おけいちゃん、こんな時分からどこへ行くつもりかな」

「仙太郎さん……」

　こっそり出かけるつもりが、仕事帰りの廻り髪結いに見つかってしまった。

「ちょっと用があって、出直し神社まで行ってきます」

「たしか下谷だったよね。そいつは見過ごせないな」

　いつもは軽い調子の仙太郎が、珍しく真面目な顔で引き止めた。若い娘が一人で夜歩きなどするものではないというのだ。

　困ったおけいは、元木戸番小屋の女房と一緒に行くことを打ち明け、途中の外神田で待ち合わせているから大丈夫だと言った。

「だったら私もついて行く。女だけなんて不用心だし、おけいちゃんの神社にも行ってみたいと思っていたんだ」

　仙太郎は商売道具を物陰に置くと、その足でおけいと連れだって表通りへ出た。

「外神田の、どの辺りで待ち合わせだい」

　こうなったら仕方がない。おけいは、昼間に聞いたおしのの住まいを教えた。

「相生町の糸瓜長屋か。それなら和泉橋を渡って行こう」

　仕事上、道に詳しい仙太郎の案内で、思っていたより早く相生町に着いた。毎晩五つの鐘を聞いてから店仕舞いするというおしのは、まだ長屋に帰り着いていない。

　しばらくして、店台と菓子箱を背負って歩いてくる女の姿が見えた。おしのはいったん長屋へ戻り、身軽になって裏通りに現れた。

「すみません、お待たせしてしまいました」

「いいえ、来たばかりですよ。それから、こちらにいるのは神社まで同行してくださる仙太郎さんです」

　引き合わせがすむと、おけいは足早に歩き出した。木戸が閉まる前には戻りたいからだ。目指す出直し神社へは、そこから小半時かからない道のりだった。

「驚いたな。こんなところに神社が隠れていたなんて」

　袋小路のような寺院の裏通りから笹藪の小道を抜けた先で、仙太郎が感心したようにつぶやいた。

　昼間は古ぼけて見える質素な社殿が、今は月明かりの下で白々と輝き、おごそかな清らかさを漂わせている。

「貧乏神をお祀りするおやしろは目立たないほうがいいのだと、婆さまが言っていました」

おしのが貧乏神と聞いて不安げな顔をしたが、引き返すつもりはないようだ。

「仙太郎さんはここで待っていてもらえますか。神さまに願かけをする人は、一人で社殿に入るのが決まりなんです」

「いいよ。私はその辺でお月さまでも眺めていよう」

仙太郎は、上がりかけた階段から素直に足を引いた。

細い影が鳥居のほうへ行くのを見届け、おけいは社殿の扉に向かってささやいた。

「婆さま、わたしです。お客さまをお連れしたのですが、よろしいでしょうか」

お入り、と、短い返事を聞いて扉を開ける。

社殿の奥ではうしろ戸の婆がこちらを向いて座っていた。中の様子がはっきり見てとれるのは、神棚の両端に大きな蠟燭が灯されているからだ。

「いきなり押しかけてすみません。しかもこんな夜分に」

婆は不作法を咎めなかった。それどころか、客が来るとわかっていたかのように、古びた琵琶が神棚の上に用意されている。

「どうぞ、婆さまの正面に座ってください」

客が座るのを待って、婆の皺深い口もとが動いた。

「手始めに、名前と歳を聞こうかね」

「し、しの、です。歳は三十九になりました」

帷子姿の奇妙な老婆を前に、おしのが上ずった声で答える。

うしろ戸の婆はわずかに顎を引くと、決まり文句を元木戸番小屋の女房に突きつけた。

「では、おしのさん。あんたが三十九年の人生をどのように過ごしてきたのか、この婆に話しておくれ」

「人生……？」

たいがいの客が聞き慣れない言葉に面くらう。

「あんたは江戸の生まれだね。どんな親もとで、どんなふうに育って、どうやって世間を渡って今ここに辿り着いたのか、詳しく話しておくれでないか」

「ああ、そういうことでしたら……」

婆の念入りな言いまわしに、おしのも要領を得たようだ。

「おっしゃるとおり、私は江戸の生まれです。でも、お父つぁんは長崎の人でした。南蛮菓子を作る職人として江戸の菓子舗に招かれたんです。代替わりしたばかりの店主のもとで、お父つぁんが作るカステイラやボウロは驚くほどよく売れて、それまで鳴かず飛ばずの店がたちまち人気店になったそうです」

どうやらおしのの人生は、父親の思い出を抜きにしては語れないらしい。そもそも腕のよい菓子職人の娘だからこそ、菓子を作るのが上手いのだろう。

「お父つぁんはお店で大事にされていました。奉公人の身分ながら店の近くに所帯を持つことが許され、私と妹が生まれました。何の不足もない暮らしだったと思います。ただ、家族ができたことで、自分の店を持ちたいという欲を抱いてしまったのです」

　そのころ、おしのの父親は新しい菓子作りに励んでいた。薄く焼いたカステイラに蜜を塗り、伊達巻のように巻いたものは以前からあったのだが、これにつぶ餡と羽二重餅を巻き込んで、お大尽たちの口に合う上菓子を作り上げたのだ。

「新しい菓子は〈阿蘭陀巻き〉と命名されました。これがお店の看板商品となって、数年後には日本橋に新しい店を構えるまでになったんです。日本橋に移ってからもお店は繁盛しました。それで十分な恩返しができたと、お父つぁんは思ったんでしょう。一本立ちして自分の店を持ちたいと店主に頼んだのです」

　当然ながら、店主は腕のよい職人を簡単には手放そうとしなかった。だが、すでに五十の坂を越えていたおしのの父親は、この機を逃せば二度と自分の店を持つことはないだろうからと、何度も店主に頭を下げた。

「今思い返しても、あの店主は商いに長けていました。小店が持てるだけの金子を出す代わりに、お父つぁんが自分の菓子に〈阿蘭陀巻き〉の名前を使わないことを約束させたんです」

　父親の店でも売りものは南蛮菓子だった。しかしながら、高価な卵や砂糖をふんだんに使った南蛮菓子は値段も高い。名も知らぬ小店が扱う高値の品など、江戸の町衆は見向きもしなかった。せめて〈阿蘭陀巻き〉の名を使うことができれば違っていたかもしれないが、同じ菓子に別の名前をつけたところで買う者は一人もいない。二か月も経たずに店はつぶれ、あまりの不甲斐なさを恥じたおしのの父親は、首をくくって果てたのである。

「おっ母さんは妹を連れて板橋宿の実家へ帰り、十四になっていた私は、紺屋町の料理屋で女中見習いを兼ねた子守りになりました」

柳亭を追い出された一件なら、おけいも知っている。ことの発端となった投げ文をよこしたのが、遠国での奉公が決まり、ひと目だけでも姉に会おうとした妹だったということもわかった。

その後、おしのは何軒かの商家を渡り歩き、深川十万坪の大百姓の屋敷に落ちついた。そこで二十年ばかり女中として働いたのち、同じ屋敷で三十年勤めた下働きの男と一緒になるよう主人に勧められた。親子ほど歳の離れた相手だったが、小伝馬町の木戸番小屋で所帯を持つことにしたのである。

「木戸番小屋の女房になって、私は久しぶりに菓子を手作りしてみました。子供のころにお父つぁんが教えてくれた駄菓子です。店先に置いたところ、近所の子供たちが喜んで買ってくれました。作る端から売れてゆくのが嬉しくて、嬉しくて。そのうち自分なりの工夫を加えるようになりました」

菓子の話をするときだけ、色味の乏しいおしのの顔に、ほんのり赤みがさした。

「そんな暮らしも亭主に先立たれて終わりましたが、木戸番小屋を出たあとも菓子作りは続けたいと思いました。作ってみてわかったんです。私にはこれしかない。これさえあれば生きていけるって」

そこでおしのは、斜向かいに座っているおけいを見た。

「お蔵茶屋の菓子を作らないかと誘われたとき、本当はとても嬉しかった。自分の作った菓子が認められて、天にも昇る心持ちでした」

「では、どうして――」

断りの理由は前に聞いたとおりだった。

「お父つぁんの声が耳に残っているからです。高望みなどするな、分不相応な商いには手を出すなという言葉が遺言のように思われて……、それが今朝になって、思いがけない因縁を知ってしまって――」

「吉祥堂、ですね」

おしのが苦々しげにうなずいた。父親から〈阿蘭陀巻き〉の名前を奪ったのは吉祥堂だった。商いの駆け引きとはいえ、おしのにとっては憎んでも憎みきれない相手である。

「もし、お茶屋に菓子を置いていただくとすれば、私と吉祥堂はお店を介して菓子の人気を競うことになります。駄菓子と高級菓子では勝負にならないでしょうが、何かしら見返してやれることがあるかもしれません。そう考えると心が揺れて……」

打ち明け話が終わると、それまで置物のように動かなかった婆が軽い調子で言った。

「ほう、そりゃ困った。あんたの心が定まらないうちは、神さまにたね銭をおねだりするわけにはいかない。ぜんたい、あんたは何を迷っておいでなのかね。〈くら姫〉に菓子を置きたいのかい、置きたくないのかい」

「もちろん、置いていただきたいです」

答えたあとに、おしのは下を向いてかぶりを振った。

「でも、分不相応な商いには手を出すなと、あれほどお父つぁんが――」

「それは、あんたの父親の〈分〉だろう」

はっ、と、おしのが顔を上げる。

「分の大きさは人によって違うのだよ。そんな小賢しい言葉にしばられるより、自分の分がどの程度のものか試してやろうとは思わないのかい。もし、あんたが自分の分を低く見積もるなら、吉祥堂と渡り合う日など来ないだろう。せいぜい門前町の露店が繁盛するよう祈願してやるが、それでいいのかね」

うしろ戸の婆の左目が、真正面からおしのの顔を覗き込んだ。その湧き出す泉のような黒い瞳に見つめられると、心の奥底まで見透かされた気分になることを、おけいはよく知っている。

「わ、私は、お蔵茶屋に菓子を、私の州浜を……」

おしのの細い目から涙の粒が転がり落ちるのを見届けて、うしろ戸の婆は身体の向きを変えた。

「では始めよう。あんたも一緒に祈るがいい。真っ直ぐな気持ちで、偽りのない心を神さまにお伝えするのだよ」

祭壇の質素な貧乏神を拝した婆が、しわがれた声で祝詞を読みはじめた。おしのは自分のために祈り、おけいもその祈りが叶うことを願って手を合わせる。

やがて、社殿が静かになった。

音もなく立ち上がった婆は、琵琶を両腕に抱えて、おしのの前に座った。

「今からたね銭を振り出すわけだが、決まりは知っているね」

穴の開いたぼろぼろの琵琶を見ながら、おしのがうなずいた。

振り出されたたね銭は、ありがたく受け取らなくてはならないこと。いくら借りたのかを決して他人にもらさないこと。一年後には必ず倍にして返すこと。それらの約束ごとは、ここまで歩いてくる間におけいが教えた。

（いよいよだ。神さまは、おしのさんに見込みがあると思ってくださったかしら）

この瞬間に何度立ち会っても、おけいは胸がどきどきした。

元木戸番小屋の女房は、顔の前で両手を合わせている。

固唾を呑んで見守る二人の前で、うしろ戸の婆が琵琶を大きく振り動かした。

すると——。

どさり、どさり、また、どさりと、三度の鈍い音をたて、琵琶の穴から出てきたものが床に落ちたのだった。

◉

「——そういうことでしたか。おしのさんと吉祥堂さんとの間には、浅からぬ縁があったのですね」

お妙は長嘆息をつくと、ていねいにぬぐった紅筆を櫛箱(くしばこ)の中に戻して蓋をしめた。味々堂の離れには、障子戸越しの朝日が部屋の奥まで差し込み、美しく整ったお妙の顔かたちを浮き出させている。

多忙な女店主と落ちついて話をするには、就寝前のひとときか、あるいは朝の身支度の合間に部屋を訪れるのが好都合だ。今も朝餉(あさげ)のあとに離れへ参じたおけいは、昨夜の顚末(てんまつ)を話し終えたところだった。

「では、おしのさんは〈くら姫〉にお菓子を卸すと決心したうえで、ご挨拶に来てくださるのですね」

「お妙さまのご都合さえよろしければ、今からお呼びしてまいりますが」

おしのが暮らす外神田の長屋へは、行って帰っても小半時ほどである。昨夜のうちに申し合わせてあるので、今ごろは長屋で待っているはずだ。

「今日は開店前に新橋(しんばし)の料理屋さんへ行く用があります。あまり時間はとれませんが、それでよろしければお会いしましょう」

さっそく勝手口へ向かおうとするおけいを、お妙が立ち上がって呼び止めた。

「待ってください。おしのさんをお連れしたら、お勝手ではなく、味々堂さんの店側から入っていただいてね」

おしのはもう昔の子守り娘ではない。〈くら姫〉と商いをする菓子屋の店主として、正面から入ってもらえということだ。

「承知しました。行ってまいります」

澄み渡る朝空の下を、おけいはかろやかに駆け抜けた。


「なんだか心配です。私、ちゃんとして見えるでしょうか」

昧々堂へと向かう道すがら、おしのはしきりに自分の格好を気にしていた。

「大丈夫です。色目も柄も、お顔によく映っていますよ」

おけいが褒めたのは、おしのが着ている藤色の小紋だった。数年前に木戸番小屋で暮らすことが決まった際、十万坪の奥方が餞別としてくれたものに、初めて袖を通したのだという。着物だけではない。昨夜まで無造作に丸められていた髪も、今朝はきちんと整えられていた。

「丸髷もお似合いです。おしのさんの髪は艶があって、とてもきれいですね」

「ありがとうございます。仙太郎さんも、同じことを言って褒めてくださいました」

おしのの髪を商家のおかみ風に結い上げたのは仙太郎だった。得意先へ行くついでだと言って、朝一番に立ち寄ったらしい。

「いい人ですね。初めてお目にかかったときは、あの総髪と役者のようなお顔立ちが遊び人に見えてしまったのですが」

「わかります、私も最初は軽い人かと思いましたもの。――ところで、おしのさん」

おけいが話の途中で声をひそめた。

「たね銭はどうしました？」

「甕に入れて床下に隠しました。出しておくのも物騒なので」

琵琶の穴から振り出されたのは、一文銭の穴に紐を通して千枚分をひとくくりにしたものだった。それが三つ、すなわち銭三貫文が貸し与えられたのだ。

「本当に驚きました。一年後の倍返しを考えれば身の引き締まる思いですが……」

三貫文の銭があれば、当面は〈くら姫〉の菓子に取り組むことができるだろう。

話をしながら歩くうち、昧々堂が見えてきた。暖簾の前に立ったおしのは、心を落ちつかせるように、何度も息を吸ったり吐いたりした。

「大丈夫ですか、おしのさん」

「ええ。もし弱気なことを言いそうになったら、後ろから叱ってください」

任せてくださいと答えて、おけいが先に暖簾をくぐる。

「ただいま戻りました」

「いらっしゃいませ。どうぞお通りください」

客を連れて戻ることを聞いていたのか、昧々堂の手代と小僧が並んでおしのを迎え入れた。奥から現れたおもんも上がり框に膝をつき、うやうやしく客を出迎えた。

「ようこそお越しくださいました。お上がりください」

「お邪魔いたします。朝早くから押しかけてすみま……」

すみませんと言いかけたおしのが、いかめしいおかみの顔を見て目を見開いた。

「あっ、あなたは——」

「ささ、ご遠慮なく。お嬢さまがお待ちですよ」

客の驚きに気づかぬふりで立ち上がると、おもんは傍らにいるおけいに言った。

「奥へお通ししておくれ」

「承知しました。おしのさん、こちらへ」

おしのが何に驚いたのか、おけいには察しがついていた。そこで奥座敷へと案内しながら、かつて柳亭の女中頭だったおもんが、今では昧々堂のお内儀となり、屋敷の離れにお妙を住まわせていることを手みじかに教えた。

「そうだったんですね。びっくりした。ちっとも知らなくて……」

「びっくりするようなことがありましたか？」

唐突な声とともに奥座敷の襖が開いた。するとそこには、いたずらな微笑を浮かべたお妙が立っていた。店先のざわめきを聞いて、座って待つのがじれったくなったのだろう。

「いらっしゃい、おしのさん。よく来てくださいましたね。いったい何に驚かれたのか教えてくださいな」

おしのが二十四年ぶりにおもんの顔を見て仰天したことを話すと、さも可笑しそうにお妙は笑った。

「すぐにわかったでしょう。あの怖い顔は何十年経ったって変わらないのですから」

つられて笑ったことで、おしのは先刻までの気の張りがよい具合にゆるんだようだ。落ちついた様子で挨拶を交わしたあと、自分の作る菓子をぜひとも〈くら姫〉で使ってもらいたいと、改めて女店主に願い出た。

「つたないですが、今朝こしらえたものをお持ちしました。〈くら姫〉に相応しい品かどうか、改めてお嬢さまに――、いえ、お妙さまにお試しいただきたいと思いまして」

おしのは再び面を引き締め、持参した白木の菓子箱を差し出した。

「拝見いたします」

お妙が開けた箱の中には、いくつかの州浜が収められていた。紅梅の花に見立てたものに、紅い椿の花。意匠化された松の枝。黄色いのは擬宝珠、薄緑の鳥は鳩だろうか。昨夜、出直し神社から戻ったおしのは、ほとんど眠ることなくこれらを作ったのだろう。

「どれも丸みを帯びていますね」

「州浜は崩れやすくて、形を整えるのが難しいんです。水飴を多めに加えるとねばりは出るのですが、きな粉の味が損なわれてしまいますから」

きな粉の風味を大切にするため、たとえ形はぼやけても水飴の量を控えているのだという答えに、お妙も得心したようだ。

「よくわかりました。見た目の華やかさにこだわって、味が二のつぎではいけませんからね。ともあれ、お茶と合わせてみましょう」

菓子箱の中から紅梅の州浜を選んだお妙は、女中に運ばせたほうじ茶と一緒にじっくり味わった。

おけいも自分の折敷にのせられた鳩の形の州浜を食べた。最初に感じるもっちりとした歯触りが、しだいに甘く、軟らかくほどけ、きな粉の風味を残して消えてゆく。

「どうですか、おけいちゃん」

「美味しいです」

本当に何度食べてもおしのの州浜は美味しい。飽きのこない素朴な味は、香ばしいほうじ茶にぴったりだ。

「私も味は申し分ないと思います。あとは意匠をどうするかですが……」

満足げにうなずいたあと、お妙は申し訳なさそうな顔をした。

「じつは昨日、お煎茶に合わせる干菓子が決まって、椿屋さんには松葉形の有平糖を、御室堂さんには桃の蕾をかたどった落雁を作っていただくことになりました」

段取りのよいお妙は、昨日の店仕舞いのあとに御室堂とも話をつけてきたらしい。

「それに今月は、吉祥堂さんの椿餅と、四方屋さんの梅花形の白雪糕をお出ししていますから、なるべくなら来月の菓子に同じ意匠を使うことは避けたいのです」

つまり、季節の移り変わりを感じさせる菓子が求められるなかで、松、桃、椿、梅、この四つは使えないということになる。

何かを考えていたおしのが、やがて下からすくい上げるような目をお妙に向けた。

「吉祥堂さんはどうされるのでしょう。もう次のお菓子はお決めになったのですか」

「それは……」

わずかなためらいのあとでお妙が打ち明けた。

「じつを言うと、吉祥堂さんの菓子のことは来月まで秘密にするよう、ご店主に頼まれています。噂が先に広まっては困るからだそうです。でも、同じものが重なってもいけませんし、ここだけの話ということでお教えしましょう」

お妙のひそひそ声が、離れの部屋に低く流れる。

「吉祥堂さんの二月の主菓子は、ふきのとうです」

「ふきのとう！」

その手があったか、と、思わず大声を上げてしまったおけいの隣で、おしのが悔しげな表情を浮かべた。

「どうです、おしのさん。あまり時がありません。二十三日の朝に試し品を用意していただきたいのですが、間に合いますか？」

「間に合わせます」

今日はもう十八日。女店主の示した期限まで五日しかないというのに、おしのはきっぱり言い切った。

「では、仕入れ値は一人分を八文で、色形の違うものをふたつお願いします」

五日の間に違うものをふたつ用意しろとは、ますますもって大変だ。おけいは心配になったが、当のおしのは顔色すら変えていない。

「わかりました。お妙さまのお心に適う(かな)ものを、期限までにご用意いたします」

しっかりと請け合い、すぐ作業を始めるからと言って外神田の長屋へ帰っていった。

◘

翌朝、〈くら姫〉の庭の白梅が初めて花を咲かせた。

あとでお妙に知らせようと思いながら、おけいはいつものように井戸端で水を汲み、味々堂の台所へと運んでいた。

「これ、ちょっとお待ち」

背後から呼び止める声に、思わず首が縮こまる。

「わたし、でしょうか」

「まわりをご覧。あんたしかいないだろう」

味々堂の外蔵から出てきたのは、おかみのおもんだった。いつも台所女中がぼやいているように、おもんは広い敷地のいたる所にひそんでいて、奉公人たちの一挙手一投足に目を光らせているのである。今朝も手桶を持った小娘の前にやってくると、その足もとを厳しい目でにらんだ。

「なにをギクシャクと変な歩き方をしているんだい」

「あ、これは——」

おけいも自分の履き古した下駄を見下ろした。

「まさか、くるぶしでも挫いたんじゃないだろうね」

そうではない。根津権現の坂で閑古鳥を追いかけた日、石を踏んだはずみで下駄の歯が割れてしまったのだ。昧々堂の下男が削った歯を入れ直してくれたのだが、もう片方の下駄と高さが違ってしまった。

「なんと、間抜けな話を聞かされるものだ」

おもんは普段のしかめっ面の上に、呆れた表情を重ねた。

「歯の高さを測りもしないで直してやるのも横着だけど、それを黙って履いているほうも横着だよ。まったくうちの連中ときたら」

ぶつくさ言いながら、そのまま屋敷の中へ消えていった。

朝餉をすませたあと、おけいは前庭の梅が咲いたことをお妙に知らせた。

「どこです、どの枝に咲いているのですか」

さっそく庭へ出てきたお妙は、おけいが腕を伸ばして指す枝を目でたどり、一輪だけ開いた白梅を見つけて嬉しそうに手を叩いた。

「あらまあ、いじらしいこと。湯島天神の早咲きが開いたばかりと聞いていたので、うちはまだ先かと思っていました。いつの間にか春の庭になっていたのですね」

正月に店開きをしてからというもの、落ちついて庭を眺める暇もないほど、お妙は忙しい日々を送っている。さりとて本人にそれを苦にするそぶりはない。茶屋の商いが楽しくてたまらないのだろう。夕餉に懐石料理を出すこともあきらめてはいないようで、仕事の合間を縫っては料理人を探し続けている。

「そういえば、昨日、新橋まで会いに行かれた料理人さんはどうだったのですか」

おけいが首尾を訊ねると、お妙は薄く笑って首を横に振った。

「残念ながら手も足も出ませんでした。腕がよいと評判の板前さんに会えたのですが、あちこちの店から引き合いがあるらしくて……」

腕ききの料理人を招くには、相応の給金を出さなくてはならないことくらいお妙も承知している。ところが昨今、京大坂に倣った高級料亭や料理茶屋が江戸でも流行りはじめたため、料理人の給金が跳ね上がっているのだという。

「うちの店でも、お客さまに大勢来ていただけるようになった分、雇い人の数を増やしましたからね。懐石は先延ばしにしたほうがいいのかもしれません」

せっかちな女店主の口から、先延ばしという言葉が出ようとは思わなかったが、考えてみれば、まだ〈くら姫〉は二度目の店開きからひと月も経っていないのである。

「そうですね。今は無理でもいずれきっと――」

お蔵茶屋に相応しい料理人が見つかる。そう言ってなぐさめようとしたおけいが、はっと振り返った。誰かが外塀のくぐり戸を開ける音がしたのだ。

「あら、あれは……」

同時に顔を向けたお妙が口を開くより先に、おけいは走り出していた。

「佐助さん、いらっしゃい」

「やあ。邪魔するよ、おけいちゃん」

身を屈めて庭に入って来たのは、背の高い植木職人だった。

何日か前に夏椿を植えたばかりで、当分〈くら姫〉の庭に佐助が現れることはないと思っていたおけいは、すっかり嬉しくなってとび跳ねた。

「今朝、初めて梅の花が咲いたんです。白い梅ですよ」

「そうかい。思ったより早く開いてくれたな」

落ちついた様子でそれだけ言うと、佐助は柳の若木の前に立つ麗人のもとへ歩み寄った。

「お妙さま。よろしいでしょうか」

思いつめたような男の顔に、お妙が軽く顎を引いた。

「小半時ほどで出かけますが、それまででしたら」

さして手間は取らせないと答える植木職人を、女店主が店蔵の中へと誘っている。

おけいは、二人のやりとりを見ていて頭が冷めた。

（佐助さんは、お妙さまに大事なご用があって来たんだわ……）

一人で舞い上がって、子供のようにはしゃいだことが恥ずかしかった。

店蔵の中では、お妙が上がり口の畳に座っていた。

佐助は張り詰めた面持ちで土間に膝をついていたが、やがて覚悟を決めたように切り出した。

「先だって柳亭の火事についてお訊ねになったことで、俺、何も覚えていないなんて白を切っちまったんですけど……」

そのやりとりなら、傍にいたおけいも聞いた。十三年前の柳亭の火事について、板場見習いとして奉公していたという佐助に、見聞きしたことを教えてくれるようお妙が頼んだのだ。

「すみません。覚えていないなんて言ったのは大嘘（おおうそ）です」

「では、火事が起こった日のことを――」

お妙が膝の上で手を握りしめる。

「はい。知っていることをお話しするつもりでまいりました。けど、俺は火の出た時刻に居合わせなかったので、肝心なところはわからないのですが……」

それでもかまわないと言うお妙に、佐助は土間をにらみながら語りはじめた。

「あの日は店が休みで、仲居頭さんが若い奉公人たちを、谷中の宗林寺（そうりんじ）へ連れ出してくれました」

蛍沢（ほたるざわ）とも呼ばれる宗林寺は、田植えのころになると蛍が多く飛ぶことで有名である。

夕方の遅い時刻に店を出て、蛍沢へ着いたのは日が暮れたころだった。江戸で一番よく光ると評判の蛍を見物して騒いだあと、店に帰る途中で半鐘の音を聞いたのだという。

「行く先の空に火の粉が上がって、走って帰り着いたときには、もう店は火の海でした」

店主夫婦をはじめ、店に残った奉公人もいたはずだったが、佐助たちにはどうすることもできなかった。幸いその晩は風もなく、柳亭の店屋敷が焼け落ちただけで火は収まった。

ちょうどそのころ、突っ立っている佐助たちのところに、黒船町から〈網代(あじろ)〉の店主たちが駆けつけた。

「これはどうしたことだ、半兵衛さんはどこだ、お冨士はどこにいるんだって網代の旦那に問い詰められたけど、俺たちには答えることができませんでした」

あとでわかったことだが、網代の人々を呼んできたのは、女中頭のおもんだった。店に残っていたおもんは、燃えさかる屋敷の奥から怪我人を助け出し、自分は女将(おかみ)の実家である網代へ大事を知らせに走ったのである。

「今、怪我人とおっしゃいましたね、誰が怪我をしたのです？」

気づかわしげなお妙に、佐助が答えた。

「料理人の辰三(たつぞう)さんが、足に深手を負いました」

怪我をしたのは辰三だけで、命を落とした奉公人はいなかった。しかし、店主の半兵衛と女将のお冨士は、変わり果てた姿で焼け跡から見つかったのだった。

「そうでしたか……。よく話してくださいました」

お妙は元奉公人の男に礼を言った。出火の原因と両親が逃げ遅れた理由についてはわからずじまいだが、最後の日の様子を知ることができただけでも、柳亭の一人娘にとっては大きな収穫だったに違いない。

「ところで佐助さん」

話を終えて、いささか気の抜けた感のある男の目を、お妙の真っ直ぐな瞳が覗き込んだ。

「どうして、今まで火事のことは忘れたなんて嘘をついていたのですか」

ぐうっと、佐助の喉が鳴った。

「お妙さまは俺の恩人です。だから井筒屋に戻ってからも、ずっとこのままでいいのか悩んでいて……。今日は正直にお話しすると決めて来たので白状しちまいますが、忘れろ、と言われたんです。柳亭のことも、火事のことも、すべて忘れると約束するなら、次の働き先を世話してやると持ちかけられたんです」

佐助が苦しそうに話を続ける。

「俺だけじゃありません。柳亭の奉公人たちはみんな同じことを言われて、あちこちの料亭や料理茶屋へ散っていきました。俺は料理人に向いていないように感じていたので、郷里の染井村で井筒屋に弟子入りできるよう仲立ちしてもらったんです」

しんと静まり返った店蔵の外で、仲間といさかいを始めたヒヨドリが、ぴーよ、ぴーよー、と鳴き叫んで飛び去った。

その声に顔を上げたお妙が、最後の問いかけを待っている佐助に視線を戻した。

「教えてください。あなたたちの口を封じ、働き先を世話したのはどなたですか」

佐助の返事は早かった。

「網代の先代です」

まさか、と、お妙が腰を浮かせた。老舗料亭の網代は、お妙の継母の実家である。

「どうして網代が……。あのしっかり者のお継母（かあ）さまが、火の不始末をしたとでもいうのでしょうか」

その理由は佐助にもわからなかった。

◉

谷中の空はよく晴れていた。

縁とは不思議なもので、おけいが谷中を訪れるのは今月に入ってもう四度目だ。ただし、今から向かうのは、おしのが露店を出している根津権現の門前町ではなかった。

「すみません、この近くに偏照院（へんしょういん）というお寺があると聞いて来たのですが、ご存じありませんか？」

広大な谷中の寺社地には、名も知られていない小さな寺が散らばっている。杉木立の道を行ったり来たりしながら、すれ違う人々に所在を訊ねてみるが、みな首をかしげるばかりだ。坊主に聞いてもわからないと言われて困っているところへ、通りかかった男が声をかけてきた。

「もし、あんた。偏照院をお探しかね」

うなずくおけいに、お店者（たなもの）風の男は少し先の横道を指差した。

「あの細い道の突きあたりにある尼寺がそうだよ。ちょうど私も偏照院に線香を納めてきたところでね」

親切な線香屋に礼を言い、雑木林に挟まれた細道に入ってゆくと、やがて目の前に小さな山門が見えてきた。

昼九つ（正午）の鐘が鳴るのを聞きながら、おけいはここまで来た目的を思い返した。

『あとひとつだけ教えてください』

昨日のことである。十三年前の火事について告白した佐助を、お妙が帰りぎわに引き止めた。

『さっき辰三が深手を負ったと伺いましたが、その後どうなったのか、何かお聞き及びではありませんか』

心配するお妙に、またしても佐助が意外なことを告げた。

『じつは、あれから五年ばかり経ったころ、感応寺（かんのうじ）の庭仕事へ行く途中で、ばったり出くわしたんです』

感応寺は谷中の北にある大寺院である。兄弟子たちと一緒に道を急いでいた佐助は、横道から出てきた男と危うくぶつかりかけた。その相手が辰三だったのだ。

『ひと目見て、もう料理人ではないとわかりました。もとから身なりにかまう人じゃなかったが、髷（まげ）はぐちゃぐちゃ、くたびれた着物を尻端折り（しりはしょ）にした膝切り姿でしたから』

佐助が見立てたとおり、わずかに足を引きずって歩く辰三は、この先の小さな寺で雑役をしていると話した。休みの日に訪ねていいか訊ねたところ、戒律が厳しい尼寺だから若い男は来ないでくれと、迷惑そうに断られたのだという。

『それから半年ほどして、また感応寺へ行く用があったので、こっそり尼寺の山門まで行ってみました。でも辰三さんとは会えなくて、額の院号だけ覚えて帰ったんです』

その寺の名が偏照院だったというわけだ。

佐助が去ったあと、お妙は料理人の辰三について、おけいにも詳しく話してくれた。

祖父の代から仕えた古参の奉公人で、若くして店を継いだ父親が右腕として頼りにしていたこと。暇があれば背中を丸めて飾り切りの腕を磨いていたこと。ぶっきら棒だけど優しくて、お妙がねだると包丁細工で人参（にんじん）のカメを作ってくれたこと等々――。

初めは懐かしそうに語っていたお妙だが、そのうち悲しげに顔を伏せた。

『あの火事で、辰三が怪我をしたなんて知りませんでした。しかも料理を捨てて寺男になっていようとは……』

町方に戻って以降、昔の奉公人たちの暮らし向きを知ろうともせず、自分の茶屋にかまけていたことを、お妙は今さらながら恥じているのだった。

『辰三さんは今も谷中のお寺にいるかもしれません。会いに行かれてはいかがですか』

『会ってくれるでしょうか。佐助さんは断られたと言っていましたが』

不安げなお妙に、おけいは力強くうなずいてみせた。

『今からだって遅くはないと思います。お妙さまのお気持ちを伝えるだけでも』

『気持ちを伝える……そうですね、それに』

お妙は下を向いて考え込んだ。おけいが心配になるほど長く沈黙していたが、やがて静かに顔を上げて言った。

『私は自分が嫌になりそうです。勝手を詫びる話をしていたはずなのに、またしても都合のよいことを……』

渋柿を嚙んだような口ぶりだったが、その目は隠しようもなく輝いていた。

『思いついてしまったのですよ。もし、辰三が許してくれるなら、ここで懐石を作ってもらえないだろうかと』

『辰三さんに、〈くら姫〉の料理を――』

おけいにも、自分が探るべき次の道筋が見えた気がした。


偏照院の山門は、雨風にさらされて傷みかけていた。

お妙は自分が行くと門前払いされるかもしれないと言って、今までにも相談相手として活躍してきたおけいにすべてをゆだねてくれた。

今日のおけいの仕事は、辰三に会ってお妙の代わりに詫びることと、懐石料理を作ってほしいと頼むことだが、大事な思惑がほかにもある。柳亭の奉公人だったという辰三と会うことで、古蔵の中に押し込められているものの手がかりが得られるのではないかと考えているのだ。

小さな拳を握りしめ、おけいは山門をくぐった。ほぼ無名の分院かと思われる偏照院の敷地は、意外にも広々としていた。正面に手入れの行き届いた庭と本堂があり、その向こうには庫裏らしき建屋が見える。

　折よく庫裏の戸が開き、白い頭巾で顔を覆った尼僧が出てきた。辰三のことを訊ねようとすると、白衣に若草色の袴をつけたおけいを見て、庫裏の中に引っ込んでしまった。

（どうしたんだろう。神社の巫女と会ってはいけないのかしら……）

　あるいは、それに近い戒律があるのかもしれない。扉を叩くこともためらわれ、そのまま建屋の裏側へまわり込んだ。すると――、

「わぁ、なんてきれい！」

　遠目に見える景色に、おけいは我を忘れて叫んだ。敷地の奥はゆるやかな丘になっていて、緑豊かな低木が一面に黄色い花を咲かせていたのである。

　引き寄せられるように歩を進めたおけいは、丘の斜面に植えられているのが、すべて金柑の木であることに気づいた。黄色い花に見えたのは、熟した金柑の実だったのだ。

　これほどたくさんの金柑を一度に見るのは初めてだった。何千個、何万個……。話に聞く蓬萊の宝の山と見まがうばかりの眺めに度肝を抜かれていると、近くで男の声がした。

「こら、あんた。どこの巫女さんか知らんが、無断で入って来られちゃ困るんだ」

　金柑の枝をかき分けて現れた男は、かろうじて六十には手が届いていないと思われる歳のころで、ひどい猫背だった。

「金柑が欲しいなら、先に院主さまか、善照尼さまにお許しをもらってこい」

　それだけ言って茂みの中へ戻ろうとする男を、おけいが呼び止める。

「待ってください。わたしは柳亭のお嬢さまのお使いとして来ました。もしかして、辰三さんですか？」

一瞬足を止めたものの、男は返事をしなかった。振り返りもしないで茂みへ分け入ると、金柑の実が入った竹籠を背負って再び出てきた。そのまま右足をわずかに引きずって歩く男の後ろを、おけいも黙ってついて行った。

さっき尼僧を見かけた庫裏の前で、男は井戸端に籠を下ろした。大笊へ移した金柑の実を水洗いし、庫裏の土間へと持ち込む。土間の戸はわずかに開いていた。おけいが中を覗き込むと、男は空き樽に腰をおろして、金柑のタネを取っていた。小さな実に切れ目を入れ、楊枝を使って器用にタネを取り出すのを見ながら、もう一度声をかける。

「辰三さん？」

男は返事をしない代わりに人違いだとも言わない。そこでおけいは、女店主に託された大事な用件を伝えてみた。しかし、男は顔を上げようとしない。黙々と金柑のタネをほじくり続けるだけだ。

おけいも簡単にはあきらめなかった。北の感応寺と南の寛永寺の両方から聞こえる鐘が八つどきを告げようと、戸の隙間に顔を突っ込んだまま動かなかった。

我慢比べが続いたのち、男の手から金柑の実がすべり落ちて、ころころとおけいの前に転がった。手を伸ばして拾おうとすると、不機嫌そうな声が上がった。

「よけいなお世話だ。とっとと帰れ」

胡麻塩のヒゲに覆われた陰気くさい顔がこちらを見ていた。

「俺はここの寺男だ。今さら料理人に戻るつもりはねえ」

乱暴な言葉ではあるが、自分が辰三だと認めたようなものだ。

落ちくぼんだ目の奥に怒りよりも悲しみの色を見た気がしたおけいは、お妙が昔の奉公人たちに、とりわけ辰三に対して申し訳ない気持ちを抱いていると伝えてみた。

たちまち辰三の顔色が変わった。

「馬鹿なことを。まだ十六だったお嬢さんに何の咎がある。負い目なんぞ感じることはないと、帰って言ってやれ」

「およしなさい。せっかく訪ねてくださった方に口が過ぎますよ」

突然、庫裏の中から穏やかな女の声が上がった。

「善照尼さま――」

「これを、小さな巫女さんに」

上がり口の障子の陰から差し出されたのは、黄色い実がたわわについた金柑の枝だった。

辰三は笊を置いて立ち上がると、受け取った枝を小娘の手に押しつけた。

「ほらっ、持って帰れ」

「あらまあ、またそのように乱暴な……」

寺男の不調法を取りなすように、善照尼と呼ばれた人影が話しかけてきた。

「ごめんなさいね。ここは高齢で本山を退いた者や、私のように病気でお勤めができなくなった尼僧の隠居所で、この金柑も代々の尼僧たちが植えてきたものです。お店の飾りにでもお使いください」

そう言って聞かせるのは、来たときに見かけた白い頭巾の尼僧かと思われた。

「――どうも、ありがとうございます」

礼を言ったときには、もう障子の向こうに人影はなく、丸い背をこちらに向けた辰三が、金柑のタネを取り続けているだけだった。


尼寺を出たおけいは、すごすごと道を引き返していた。

(困ったわ。辰三さんが、お妙さまを悪く思っていないことはわかったけど……)

懐石料理の件はきっぱり断られてしまった。あてがはずれたことを、お妙にどう伝えればよいものか――。重苦しい気持ちで杉木立の道を歩くうち、いつしかおけいは根津権現の門前町へと続く坂の下まで来ていた。

真っ直ぐ帰る気になれず、坂道を上ってみる。大きな石灯籠の脇では、いつもの地味な着物姿のおしのが、店台を片づけようとしていた。

「こんにちは、もうおしまいですか」

「あら、おけいさん。先日はお世話になりました」

ちょうど作り置きの駄菓子を売り切ったところだというおしのは、小娘が両手に抱えている金柑に目をとめた。

「枝つきなんて珍しいですね。この近くでお買い求めになったのですか」

「いえ、これは――」

柳亭の料理人だった男がいる尼寺でもらったのだと答えると、おしのが懐かしそうな顔をした。

「料理人の辰三さんなら覚えています。あまり顔を合わせることはなかったのですが、大旦那さまに叱られて泣いている私を見て、大根で作った飾り切りの花を手の上にのせてくれたことがありましたっけ。無愛想だけど気持ちの優しい人でした」

優しいかどうかはさておき、無愛想なのは今も変わっていないと口を尖らせるおけいに、おしのが目を細める。

「それにしても、金柑ですか……。私も今からそのお寺へ行ってみようかしら。辰三さんにもお会いしたいし、金柑を見てひらめいたことがあるんです」

そこでおけいは偏照院のおおまかな所を教え、おしのと一緒に坂をくだった。

「おけいさんが来てくれたおかげで、面白いものができそうな気がしてきました」

そんなふうに感謝されるとこそばゆい。足早に北へと歩いてゆくおしのを見送って、おけいもさっきより軽くなった足を南へ向けた。

◉

春の訪れを確かめるように、毎日一輪ずつ蕾を開いていた梅の木が、今朝はいちどきに二十ほども花を咲かせた。

気高い香りをかぎながら庭の掃除をすませたおけいは、蔵の前に置かれた下駄に目をとめた。大人用にしては小さい下駄の上に『おけい』と書かれた紙が添えてある。

お妙が自分のために買ってくれたのだろうと考え、おけいは海老茶色の鼻緒を持ち上げた。下駄の歯は高さが三寸近くあり、背の低い自分にとってありがたい心づかいだ。

嬉しくなったおけいが下駄を抱きしめ、真新しい木の香りを吸いこんだところで、くしゅん、と、裏庭のほうから小さなくしゃみが聞こえた。

お妙がいたのかと思って裏へまわってみると、井戸の陰から紺色の紬を着た女が飛び出し、味々堂の台所へと逃げ込むのが見えた。

（あれは――）

そこへ、離れのほうから美しい女店主が現れた。茶羽織を着た蝸牛斎も続いている。

「ちょうどよかった。今おしのさんが味々堂の店先に来られました。〈くら姫〉へまわってもらいましたから、お出迎えをお願いできますか」

「承知しました」

下駄の件はあとで訊ねるとして、おけいは外塀のくぐり戸を開けに走った。

「それでは、お菓子を拝見いたします」

おしのが到着し、一同が座敷に落ちつくのを見届けて女店主が言った。

「お願いします」

炉から下がったところでおしのが風呂敷(ふろしき)を解き、ふたつ重ねた菓子箱を差し出した。

「あらまあ、これは……」

蓋を開けたお妙は、いく度も中身を見比べている。

「前にお見せした州浜のほかに、本日は別のお菓子もご用意させていただきました」

そう言って頭を下げるおしのの前で、思案するそぶりを見せるお妙だったが、やがて炉を挟んで座るおけいに頼んだ。

「お手数ですが、二階へ行って小皿の箱を下ろしてもらえますか。できれば萩焼(はぎやき)か粉引(こひき)のものがいいと思います」

「すぐ持ってまいります」

おけいが物置から木箱をひとつ取って戻ると、お妙はその中から白い粉引の小皿を取り出した。布巾(ふきん)で清められた皿の上に、二種類の菓子がひとつずつのせられる。

「どうぞ蝸牛斎さま、お試しを」

ほうじ茶の湯呑(ゆのみ)に小皿を添えた折敷は、まず正客席に供された。

「ほほう、考えたな」

にやりと笑う老人の隣で、おけいは自分にも出された折敷を見て、あっと声を上げた。

「もしかして、あのときの……？」

おしのが目顔でうなずいている。

粉引の皿にのっていたのは、金柑の実をかたどった州浜と、本物の金柑を使った甘露煮(かんろに)だった。水気の多い菓子をのせるため、お妙は懐紙ではなく小皿を用意させたのだ。

「どうぞ、甘露煮から先にお召し上がりください」

おしのが勧めるとおり、お妙と蝸牛斎が黒文字(くろもじ)に刺した金柑を口に運んでいる。

おけいも果皮が透き通った黄色い実を丸ごと頬張った。歯で嚙みしめた途端、金柑の甘酸っぱい風味と糖蜜の甘さが口の中に溢れ出す。

「どうですか、おけいちゃん」

「とても美味しいです」

お妙に訊ねられ、急いで飲み込んでから答える。

「煮詰めた金柑が、お茶に合うお菓子になるなんて驚きました。タネがなくて食べやすいところもいいですね」

言いながら、先日訪れた偏照院で、辰三がせっせと金柑のタネを取っていたのを思い出した。あれもきっと甘露煮を作るための下拵(したごしら)えだったのだろう。

「州浜の金柑もよくできているよ」

もう一方の菓子にも手をつけた蝸牛斎が感想を述べる。

「甘露煮とはいえ、金柑は口の中に苦味が残るから、あとから州浜を食べると優しい甘さにほっとする」

「確かに金柑の甘露煮は甘いだけでなく、酸っぱさとほろ苦さを味わえるところがいいですね。州浜の金柑と対というのも楽しいですし、お客さまに喜んでいただけそうです」

女店主も気に入ったようだが、ひとつ大事なことに念を押した。

「仕入れ値のほうは大丈夫でしょうか。金柑の実は旬でも決して安いものではないと思うのですが」

「ご安心ください」

おしのがきっぱり請け合った。

「じつは、辰三さんに力を貸していただくことになりました」

「えっ、辰三……？」

思わぬ成り行きに、お妙が身を乗り出す。

「先日、おけいさんに教えられた偏照院に、辰三さんをお訪ねしたのです。二十四年ぶりだというのに私のことを覚えていてくださって、お嬢さまのお茶屋に卸す金柑の菓子を作りたいと相談したところ、その場で院主さまにお口添えをいただきました」

おしのはにこにこしながら続けた。

「それから辰三さんは、せっかくのお嬢さまの誘いを袖にして申し訳ない、お蔵茶屋の商いがうまくいくことを陰ながら祈っていると言っていました」

「辰三が、そんなことを……」

お妙は袖で目頭を押さえながら微笑んだ。みんなが口裏を合わせて自分を除け者にしているのではないかと心配していたのだ。

懐石の話を断られて帰宅し、お妙に悲しそうな顔をさせてしまったおけいも、これで少し胸のつかえがとれた気がした。

「さて、ほうじ茶の菓子は、このふたつの金柑で決まりということでいいのかね」

茶を飲みほした蝸牛斎が、女店主に決定をうながす。

「よろしいかと思います。――おしのさん」

お妙が身体ごと向き直った。

「二月のほうじ茶に添えるお菓子をお任せいたします」

おしのは居住まいを正し、ありがとうございます、と頭を下げた。

「一人でも多くのお客さまにご注文いただけますよう、務めさせていただきます」

客の評判がよければ、翌月も続けて菓子を使ってもらえる。おしのにとってはこれからが正念場なのである。

善哉、善哉――と、蝸牛斎が言祝いだ。

「今月にも増して、二月は持ち味の際立った菓子が出揃うようだ。さっそく新しい品書きを用意せねばならんな」

そう言って、茶羽織の袂から書きつけ用の紙と矢立を取り出す。よそから揮毫を頼まれるほど筆達者な老人は、〈くら姫〉で使う貼り紙や品書きなどを引き受けているのだ。

「まず、抹茶の折敷は吉祥堂の主菓子〈ふきのとう〉だ。煎茶用の干菓子は椿屋の有平糖〈松の碧〉と、御室堂の落雁〈桃花源〉だったな。そしてほうじ茶用の菓子が――」

心覚えに書きとめていた筆が止まった。

「そりゃそうと、あんたの店の名はなんだったかね」

問われたおしのが、あっ、という顔をする。

「私、店の名前なんてまだ……」

これまでは作った菓子を露店で売るだけだったので、屋号を使うことなどなかった。今も店を構えたわけでないが、名前がないままでは不便である。居合わせた者が一斉に頭をひねりはじめ、真っ先に訊ねたのがお妙だった。

「お父さまのお店の名前は何だったのですか」

「喜久屋（きくや）です。お父つぁんの名が喜久蔵（きくぞう）でしたから」

父親の店は二か月も続かずつぶれたが、おしのにとっては大切な屋号のはずだ。

「感じのよい名前ですし、そのまま喜久屋を引き継がれてはいかがでしょう」

「そうだな、菓子屋の名としては悪くない」

お妙と蝸牛斎に口をそろえられ、おとなしいおしのは考えている余裕がないようだ。

「ではみなさまのおっしゃるとおり、喜久屋の屋号を――」

「あ、あの、しばらくお待ちください」

決まりかと思われたとき、おけいが声を上げた。ちんまりと座って頭越しの話を聞きながら、一人だけ違うことを考えていたのだ。

「金柑の州浜と甘露煮は、おしのさんが工夫したお菓子です。なのに、お父さまの屋号を引き継いでしまっていいのでしょうか。婆さまのお言葉を思い出してください」

はたと気がついたように、おしのがつぶやく。

「そうだわ、私は出直し神社の神さまに願をかけたのだった。一から出直すつもりで自分のお菓子を作りたいと……」

おしのは考えた末、まず亭主席に向かって詫びた。

「お嬢さま、申し訳ございませんが、喜久屋の名は使いません」

お妙が美しい顔をほころばせてうなずいた。その微笑に勇気を得て、おしのが言った。

「私の店ですから、〈しの屋〉にします」

「しの屋——」

一同がそれぞれに口の中でつぶやいた。

「いいじゃないか。美味い菓子をこしらえそうな屋号だ。よし、わしが響きに相応しい字をあててやろう」

真っ先に褒めた蝸牛斎が、筆をとって書きつけた紙を、おしのに向けて掲げる。

「志乃屋……」

「ついでに、二月のほうじ茶用の菓子は、志乃屋の〈夫婦金柑〉と銘打ってはどうかね。きっと注文が殺到するぞ」

ちゃっかり菓子の名付け親にもなって、蝸牛斎はからからと豪快に笑った。

（志乃屋の夫婦金柑はきっと評判になる。なにしろ神さまが三貫文を振り出してくださっ

たのだもの）

次の金柑の収穫には、自分も偏照院へ手伝いに行こう。もう一度、辰三に会いたい。無愛想の奥に隠れた優しさに触れてみたいし、柳亭の古蔵に押し込められたものについても聞いてみたいと、強く思うおけいだった。

第三話

生半尺な廻り髪結いへ——たね銭貸し金一分也

江戸のいたるところで梅の花が満開となった。

二月初日に〈くら姫〉を訪れた客たちは、ふくよかな白梅の香りに満ちた庭を歩きながら、足もとに咲く福寿草の花を見たり、やぶ椿の紅い花を数えたりして楽しんでいる。早春の花々も美しいが、それぞれにお洒落をしてやってくる女客も美しい。庭の案内をしながら感心しているおけいを、品のよい老女が呼び止めた。

「もし、こちらの見ごろはいつですか」

柳鼠色の小紋を着た老女が指しているのは、枝垂れ桜の蕾だ。

「強い寒の戻りがなければ、枝垂れ桜は今月末ごろ。里桜はそれより数日遅れの見ごろとなります」

すらすらと答える見立ては、つい昨日、庭の手入れに来た佐助から聞いたものだ。

「確かでしょうね。わざわざ来るのですから無駄足はごめんですよ」

疑ってみせる老女に、おけいが真面目（まじめ）な顔で答える。

「では、お師匠さまが無駄足を踏まれることがないよう、見ごろになりましたらお声をかけさせていただきます」

それを聞いて、老女が明るい笑い声を弾（はじ）けさせた。

「ほほ……。年寄りの戯言（ざれごと）などに付き合わずともよいのですよ。忙しいときに困ったお婆（ばあ）さんでしょう」

朗らかな老女の正体は、〈くら姫〉の北隣で手習い処（どころ）を開いている女師匠だ。やぶ椿の生垣越しにいくらでもこちらの庭を見物することができるのだが、おけいの知るだけでも、すでに四、五回は客として足を運んでくれている。

「お席がご用意できたようです。どうぞ」

手習い師匠を店蔵へ案内するのと入れ違いに、明るい色柄の振袖（ふりそで）を着た娘たちが、もつれ合うように庭へ出てきた。

「今月も吉祥堂のお菓子はすごいわよ。見た目が〈ふきのとう〉にそっくりなだけかと思ったら、本当にふきのとうの香りがするのだから、びっくりしちゃった」

「私が頼んだ煎茶（せんちゃ）の折敷（おしき）も値打ちものよ。落雁（らくがん）なんて初めてだけど美味（おい）しかったし、有平（あるへい）糖（とう）までついているのだもの」

「あら、ほうじ茶の折敷も負けていないわよ。あんたたちも安い折敷だからって馬鹿にしないで、次は〈夫婦金柑〉を食べてごらんなさいな」

群雀のようにしゃべりながら帰ってゆく三人娘は、稽古ごとの帰りに何度も立ち寄ってくれるお得意さまである。今の話を聞く限りでは、これからも贔屓にしてもらえそうだ。

おけいが空いた湯呑を下げ、忙しい盛りを過ぎた庭に戻ってほっとしていると、塀の外から早口にまくしたてる男の声が聞こえた。

（なんだろう、お客さまの苦情かしら……）

品のよい客が多い〈くら姫〉でも、繁忙時には入店の順番をめぐって客同士がもめることや、待ち時間の苦情を聞くこともしばしばである。急いでくぐり戸の外へ出てみると、小橋の向こうで男客に怒鳴りつけられる仙太郎の姿があった。

「馬鹿にするなよ。品切れとはどういうことだ。こちとら仕事を休んでわざわざ来てやったんだぞ」

「まことに相すみません。ほうじ茶の折敷は、今日から二月の菓子に入れかわりという節目でもございまして、つい先ほど売り切ってしまいました。せっかくご来店いただきましたのに申し訳ございません」

目当ての折敷が品切れだと聞いて怒っている客は、頭をたれる総髪の若者と変わらない歳のころだ。

「昼九つの開店から八つ半（午後三時ごろ）まででしたら、間違いなくほうじ茶の折敷をご注文いただけると存じます。どうぞまた足をお運びくださいませ」

今は夕方の七つ半（午後五時ごろ）。あと半時で店仕舞いという時刻である。

「しようがないよ。日を改めて、今度はもっと早い時刻に来よう」

連れの娘が腕を引いたことを潮に、若い男は怒りをおさめて帰っていった。

「抹茶と煎茶の折敷を、お勧めしなくてよかったんですか」

「あれでいいんだよ」

おけいのひそひそ声に、客を見送った仙太郎がささやき返す。

「日雇い風の若い男だったし、きっと持ち合わせが少ないんだ。高い抹茶や煎茶の折敷を勧めたりしたら、女の前で恥をかかせることになるからね」

なるほど、と、おけいが感心している隙（すき）に、仙太郎はもう次の客の前に立っている。

「お待たせいたしました。次のお客さまと、その次のお客さまもお入りください。今でしたら満開の梅の花をご覧いただく間にお席がご用意できますよ」

期待に胸を膨らませた客たちが、ぞろぞろと庭へ入ってくる。

（仙太郎さんったら本当に客あしらいが上手だわ。しかも生き生きしちゃって……）

この二か月というもの、仙太郎はおけいの菓子探しを裏で支えるなどして〈くら姫〉と関わり続けていた。店開きがあった正月には、髪結いの仕事を休んでまで客の案内を手伝ったほどだ。本人は茶屋の仕事が面白くてたまらないらしいが、女店主のお妙はあまりいい顔をしなかった。本業をおろそかにして、仙太郎が得意客に逃げられてしまうことを心配したからだ。

ところがお蔵茶屋に客が増え、お運びの娘たちだけでは仕事がまわらなくなると、ここぞとばかり仙太郎が活躍した。自分が暮らす長屋のおかみさんたちを中心に、昼間の短い時間だけ働きたがっている女衆を呼び集めたのだ。

外に並んだ客を案内する者、空いた茶碗(ちゃわん)を下げる者、水屋で茶碗を洗う者、客の履物(はきもの)を出し入れする者。それぞれの分担を仙太郎が振り分け、朝一番に女衆の役割を振り当ててから、髪結いの仕事に出かける。そんな日々が重なるにつれ、お妙としても口先だけで茶屋に関わるなとは言えなくなってしまった。

「やれやれ、仙太郎さんには降参です。長屋のおかみさんたちの気性や手隙(てす)きの時間に合わせて段取りをつけてくれるのですから。しかも頼まれたわけではないと言って、謝礼を受け取ってもくれないのですよ」

ついに女店主は、お蔵茶屋の商いに仙太郎が加わることを認めた。女衆の世話のほかに、髪結いの仕事が入っていないときだけ客の案内を任せることにしたのだ。仙太郎自身は店蔵のお運びも手伝いたいと望んだが、これぱかりは許すわけにはいかなかった。

そもそもお妙が〈くら姫〉に男客だけで入店できない決まりを作ったのは、お運び娘の色を売りにして男客を呼び寄せる風潮を嫌ったからだ。もし役者のように見目よい仙太郎にお運びをさせたりしたら、若衆好みの女客が店に押しかけるかもしれない。それでは男と女が入れ替わっただけで、世間の水茶屋と同じことになってしまう。

〈腕のよい髪結いさんなのに。しかも男の人なのに、どうしてお茶屋のお運びをしてみたいなんて思うのかしら……）

客を案内して歩きながら、おけいは心の中で首を捻るのだった。

●

二月三日のことである。

おけいの前には、朝日を浴びた何千何万という金柑の粒が光っている。その実をひとつひとつ、ていねいにもぎとっては足もとの籠に入れてゆく。今日は菓子作りに追われるおしのに代わり、谷中の偏照院に来ているのだ。

（いい香り。まるで匂い袋になった気分）

巫女のような白衣や袴にも香気が移ったようで、おけいはうっとりと目を閉じた。

「おい、そんなやり方じゃ日が暮れちまうぞ」

日を浴びた甘い金柑をとってやろうと、高歯の下駄をはいてもまだ背丈のおよばないおけいが手を伸ばしていると、枝をかき分けて寺男の辰三が現れた。

「お嬢さんのお茶屋は評判がいいらしいな」

「はい、とても」

辰三と一緒に手を動かしながら、おけいが答える。

「二月になってもお客さまが大勢来てくださって、初日と二日目は、ほうじ茶の折敷が早々に売り切れてしまいました」

志乃屋の〈夫婦金柑〉は、すこぶる評判がよい。明日から一日に百五十人分の菓子を用意することになり、大急ぎで甘露煮にするための金柑をもぎに来たというわけだ。ちなみに抹茶の折敷の注文は日に四十人ほど。煎茶の折敷は先月より人気があるようで、六十人近くの客が頼んでくれている。

「おしのさんに聞いたんだが、抹茶の折敷とやらは百文もするそうじゃないか。そいつを注文する客がいるとは呆れたもんだ」

背中で聞く辰三の声は、呆れたというより嬉しそうだ。

「小さいころから人を驚かせるのが好きなお嬢さんだったからな。今じゃ大そうな別嬪さんになったらしいが、ご気性は昔と変わらないんだろう」

辰三がしみじみと言った。無愛想かとばかり思っていたが、案外おしゃべり好きなようだ。そこでお妙の美しさをつたない言葉で懸命に話してみたところ、寺男は目を細めて何度もうなずいた。

「そうだろうとも。あの旦那さまの血を引いていなさるのだから当然だ」

「えっ、旦那さま？」

おけいが聞き返した。お妙の美貌と気性は、蔵で若死にした実母に似ているのだとばかり思っていたのだが……。

「お嬢さんは父親似だよ。くっきりした目鼻立ちは旦那さまそっくりで、負けん気の強いところはお祖父さんの半翁さまに似ていなさる。百合さまとは大違いだ」

「実のお母さまのお名前は、百合さまとおっしゃるのですね」

なんと美しい名がこの世にあるものだと、おけいは感心した。楚々とした立ち姿が目に浮かぶようだ。

「――そら、こいつを持って早く行け」

まだいろいろと聞きたいことはあったが、辰三は話を打ち切って、金柑の実でいっぱいになった竹籠を持ち上げた。

「重くないか」

「平気です。こう見えて力持ちですから」

もう少し採り入れを続けるという辰三に礼を言い、おけいは大きな籠を背負って山門に向かった。本堂を通り過ぎ、庫裏のほうへ目を向けると、井戸の脇に白い頭巾を被った尼僧の姿が見えた。

「もしかして、金柑の枝をくださった善照尼さまですか」

近寄って声をかける小娘に、尼僧は頭巾から垣間見える目で優しく笑ってみせた。

「前にお会いした小さな巫女さんですね」

あれから一度、お妙に託された菓子折を持って訪れていたのだが、善照尼は臥せっていて会うことができなかった。今日は外で日向ぼっこができる程度に調子がよいようだ。

「先日は結構なものを頂戴しながら、お目にかかれなくて失礼をしました」

先に礼を言われ、おけいも慌てて頭を下げる。

「こちらこそ。金柑の枝は店の床の間に飾らせていただきました。忙しさにかまけて直接お礼に伺えないことをお許しくださいと、店主が申しておりました」

「あらまあ、そんなことを……。お茶屋は大そう流行(はや)っていると伺いましたよ。本当によかったですね」

病みついているといいながらも、善照尼の声は朗らかで耳に心地よい。

「忙しいのは結構ですが、くれぐれも身体(からだ)を壊さないようにしてください。あなたも、それから……あなたのご店主さまも」

「はい、ありがとうございます」

もっと話したいところだが、金柑の実を早くおしのに届けなくてはならない。

「気をつけてお帰りなさい。近いうちに新しい金柑の枝を届けさせましょう」

背後から届く声に振り返って頭を下げる。なぜか親しみを感じる尼僧の口調が、杉木立の道を歩くおけいの耳に、いつまでも残っていた。

◉

「そろそろ店仕舞いです。お運びの娘さんたちは、先に上がりましたよ」

裏の水屋で洗い物をしているおけいに、下足番の女がささやいた。

二月に入って四日目になるが、お蔵茶屋は初日と変わらない大勢の客で賑(にぎ)わった。まだ座敷に残って茶を飲んでいるのは、最後に入店した夫婦連れだけのようだ。

「では、瓦灯を置いてきますね」

暮れ六つの鐘が鳴り響いて小半時が過ぎようとしている。暗くなって店を出る客が水路に落ちないよう、小橋の両端に火を入れた瓦灯を並べるのである。

小さなともし火の道を帰ってゆく客を見送っていると、裏通りの向こうから丸い提灯のあかりが近づいてきた。店仕舞いの時刻が早くなったことを知らない客かもしれない。おけいは詫びの口上を頭の中に用意して、こちらを目指してくる提灯を待った。やがて小橋の前に立ったのは、提灯を手代に持たせた旦那風の男だった。

「相すみません、今月から暮れ六つの店仕舞いになっておりまして——」

「あいつはどうした」

前に来るなり、男が掠れた声で訊ねた。

「あいつ？」

誰のことかと顔を上げるおけいを見下ろして、四角張った身体つきの男が横柄な口調で繰り返す。

「あいつだ。道端で客を呼び込んでいた、ざんばら髪の若い奉公人だ」

「……もしかして、仙太郎さんのことでしょうか」

男が返事の代わりに四角い顎を引いた。

「あいにくですが、今日はいらっしゃいません」

そもそも仙太郎は〈くら姫〉の奉公人ではないし、今は本業の髪結いに出ている。

それを聞いて、男は唇をへの字に曲げた。

「お待ちになるのでしたら、仙太郎さんの長屋へ――」

「いらん。わざわざ待ってまで会うつもりはない」

おけいの申し出をさえぎり、男は後ろに控える手代に言った。

「帰るぞ」

「でも、お父つぁん。せっかく来たのに……」

提灯を持っているのは手代ではなく息子らしい。

「会っても無駄だ。あいつの性根は変わらん。どこまでも生半尺なやつなんだ」

ガラガラ声で言い捨てると、男が踵を返して歩きだした。息子は心残りの様子だったが、おけいに会釈だけして父親のあとを追いかけていった。

（どこの旦那だろう。お名前を聞く暇もなかったわ）

それから半時ほどして、髪結い箱を提げた仙太郎が帰ってきた。店蔵の上がり口に腰をおろし、その日の〈くら姫〉の商いについておけいに訊ねるのは以前と同じだが、近ごろは自分が率いている女衆の働きぶりも気になるようだ。

「お清さんが仕事中に抜け出したりしなかったかな。それと下足番のおたねさんは、昨日みたいに客の履物を間違えて返したりしてなきゃいいけど」

「どちらも今日は大丈夫でしたよ。それより仙太郎さん」

乱雑に置かれた下足札を並べ直している若者に、おけいはさっき店を訪ねてきた男のことを話してみた。

「お歳は五十くらい。四角張った身体に四角張ったお顔。喉がつぶれたようなガラガラ声で、横柄なもの言いをする方でした」

途端に仙太郎ががっくり肩を落とす。

「そりゃ、私のお父つぁんだ」

しまった——と、おけいは自分の丸い頬を両手で挟み込んだ。

「ごめんなさい、わたしったら横柄だなんて」

「かまわないよ、本当のことだもの。でも、そうか、とうとうお父つぁんが来たか……」

下足札の束を抱えて考えていた仙太郎が、急に思いがけないことを言い出した。

「おけいちゃん。すまないけど、今から出直し神社へ連れて行っておくれよ。私も神さまのたね銭を授けてもらいたいんだ」

「え、それは——」

おけいは驚いた。先月、おしのを出直し神社へ連れて行った際に、仙太郎も同行している。しかし、たね銭について詳しく教えたわけではない。社殿から離れて待ってもらったのだが……。

「ごめんよ。じつを言うとね、おけいちゃんたちが社殿に入ってすぐ、私も縁側に上がって耳を澄ませていたんだ。どんなふうにたね銭を授かるのか気になったものだから……」

生い立ちを語るおしのの声や、うしろ戸の婆の祝詞、最後に三貫文の銭が床に落ちる音まで聞いてしまったという。

「こんな言い方は罰当たりかもしれないけど、運だめしがしたいんだ。神さまにたね銭を出してもらえたら、私みたいな者でも運気が変わるかもしれないだろう。ね、頼むよ」

仙太郎にここまで拝まれては、おけいとしても聞き届けないわけにはいかなかった。


すぐに紺屋町を発ったおけいと仙太郎は、星明かりの道を歩いて下谷の出直し神社に辿り着いた。

「よく来たね。お入り」

またしても夜分の来訪となったが、いつもと同じ白い帷子を着たうしろ戸の婆は、迷惑がるそぶりもなく扉を開けた。

「婆さま、今日はこちらの方が――」

「たね銭を授かりにきた若い人だろう」

婆はお見通しだ。おけいが仙太郎を招き入れ、祭壇に向かって座らせている間に、古ぼけた琵琶をご神体の前に置いた。

「さて、お若いの」

客の前につくねんと座って婆が言った。

「あんたの名前と歳を聞こうかね」

どうやらお決まりの問答が始まったようだ。

「仙太郎と申します。歳は二十三」

「では仙太郎さん。あんたが二十三年の人生をどのように過ごしてきたか、すべて正直に話しておくれ」

たいがいの客は、ここで〈人生〉という重い言葉に戸惑ってしまう。しかし盗み聞きをしたというだけあって、仙太郎はすらすらと自分の生い立ちを話しはじめた。

「私の生家は芝の金杉町にあります。親父は湊屋久右衛門といって、芝雑魚場では名を知られた魚問屋を営む一刻者です。嫡男の私もいずれ跡目を継ぐ者として大切に育てられたのですが、あいにく家業が好きになれませんでした」

鮮魚を扱う魚問屋は男気のいる仕事である。漁師村の魚を買いつける浜方商人と、江戸の仲買商人との間に立ち、血の気の多い連中がひしめく売り場を仕切るには、彼らに気圧されないだけの根性骨が必要なのだという。

「一度は家業を習い覚えようとしたんです。でも、やっぱり肌に合わなくて、十七の歳に家を出てしまいました」

出たといっても行く先は用意されていた。母親の遠縁にあたる女髪結いを頼ることになったのだ。

「自分で言うのもなんですが、私は手先が器用です。髪結いの技はすぐに覚えました。男の髷も教わりましたが、どうせだったら女の人の髪を結いたいと思いました」

さしたる苦労もなく技術を身につけた仙太郎は、二十歳で師匠のもとを離れると、一人前の廻り髪結いとして生計を立てるようになった。それから今日まで、一度も芝の実家へは帰ったことがないらしい。

「帰らなくても家のことは知っています。たまに母親と外で会っていましたから」

家業は二つ下の弟が継ぐことになった。弟は父親に似て頑健な若者である。半端者の自分より、よほど立派に店を守り立ててくれるだろうと、仙太郎は話を締めくくった。

「――それだけかい」

黙って聞いていた婆が念を押した。

「それだけ、とは……？」

仙太郎が、上目づかいに婆の顔色をうかがう。

「あんたが家を出た理由はそれだけかい。ほかに言い忘れたことはないかね」

うしろ戸の婆の左目が、役者のように整った若者の顔を覗き込んだ。人の心の奥底まで見透かす不思議な目である。

「………」

黙り込んだ仙太郎が顔をうつむかせた。おけいには、何かしら大事なものから顔を背けたように見えたが、婆はそしらぬ顔で話を進めた。

「――で、何を祈願するのかは決まっているのかね」

今度は仙太郎もすんなり、はいと答えた。

「私は自分の運気の流れを変えたいと思っています。そのきっかけを作るためにも、どうぞたね銭をお授けください」

「では神さまにお願いをするといい」

神棚に向かった婆が祝詞を読み上げ、仙太郎も殊勝な面持ちで手を合わせる。それが終わると琵琶の出番だった。

(いよいよだわ。仙太郎さんはいくら授けてもらえるかしら)

婆が神棚から下ろした琵琶を腕に抱え、仙太郎の前で大きく振る。ところが――。右に、左に、上に、斜めに。どれほど長く振り続けても、琵琶に開いた穴からは、びた銭の一枚さえ転がり落ちてこなかった。

「気を落とさないでください。たまにこんなことがあるって、婆さまもおっしゃったじゃありませんか」

大きな寺院の角を曲がったところで、おけいが前を行く背中に声をかけた。

「うん、そうだね」

振り向こうともしない若者は、明らかに肩を落としている。

(困ったわ。まさか一文もたね銭がもらえないなんて……)

神さまの采配とはいえ、仙太郎には気の毒なことになってしまった。

おけいは今までにも何度かたね銭の儀式に立ち会っている。お妙のときのように小判の雨が降ることはまれでも、おおかたの客が一文、二文の小銭を授かって帰るのである。

気の利いたなぐさめの言葉も見つからないまま、だまって御成り街道を歩き、外神田を過ぎて和泉橋を渡る。おしゃべりをしない分だけ道行きははかどり、柳原(やなぎわら)土手を下りてすぐのところにある〈ずぶろく横丁〉と呼ばれる酒場通りへ出た。

もうじき木戸が閉まる時刻だというのに、店の中にはまだ結構な客が残って安酒を飲んでいる。そのうちの一軒の前で、店から出てきた赤ら顔の男たちと鉢合わせた。

(あっ、いけない!)

おけいが声を出すより早く、前を歩く仙太郎と酔っ払いの肩がぶつかった。

「おいこら、どこに目ぇつけてやがる」

はたして酔っ払いが難くせをつけてきた。普段ならおとなしく謝って身を引いたに違いない仙太郎だが、あいにく今夜ばかりは虫の居所が悪かった。

「先にぶつかったのはそっちじゃないか」

「なんだとう」

華奢(きゃしゃ)な若者に言い返され、気色(けしき)ばんだ男の後ろで、仲間の一人が声を上げる。

「おっ。こいつ、例の廻り髪結いじゃねぇか」

「そうだ、違いねぇ。千代春姐(ちよはるねえ)さんを袖にしやがった生意気な髪結い野郎だ」

もう一人も言い出すのを聞いて、最初の男が仙太郎の腕をつかんで捩(ね)じり上げた。

「いいところで会ったな。千代春に話を聞いて、いずれ落とし前をつけさせてもらうつもりだったんだが、こちらから出向く手間が省けたってもんだ」

「落とし前って、な、なにを……」

我に返った仙太郎が唇を震わせたときには遅かった。

突然始まった殴る蹴るの乱暴を前に、助けを求めるおけいの悲鳴が夜のずぶろく横丁に響き渡った。


長屋の前に人だかりができていた。下足番のおたねに、洗い物を任されているお清、客の案内を受け持つお政もいる。みな仙太郎の世話で〈くら姫〉で働く女衆だ。

「仙太郎さんはどうなんだろうね。まさか死んじまうなんてことは――」

「大丈夫です」

縁起でもないことを口走ったお政を、おけいが早口で制する。

「念のためお医者さまに診ていただいていますが、死ぬほどの怪我ではありません」

仙太郎が戸板で運び込まれたのは、小半時ばかり前のことだった。酔っ払いにからまれて袋叩きにあっているところを、おけいの悲鳴を聞いて駆けつけた火消の若頭たちに助けられたのだ。喧嘩の仲裁など朝飯前の鳶たちは、痛めつけられた仙太郎を戸板にのせて運んだだけではなく、腕のよい医者まで引っ張ってきてくれた。

「あっ、終わったみたいだよ」

障子の穴から中を覗いていたお清が言ったとおり、戸を開けて大柄な禿頭の男が出てきた。一瞬だけ蝸牛斎と見間違えそうになったが、男の手には薬籠が提げられている。

「先生、夜分にありがとうございました」

続いて出てきたのは、長屋の家主でもある昧々堂(まいまいどう)のおかみだった。居並ぶ面々を見渡したおもんは、表通りで医者を見送ると、再び長屋の前に戻って言った。

「みんな心配はいらないよ。二、三日も養生(ようじょう)すれば歩きまわっていいそうだからね。さあ、もう引きあげておくれ」

一同が家に戻るのを見届け、おもんはその場に残ったおけいに怖い顔を向けた。

「中へお入り。あんたには聞きたいことがあるから」

四畳半ひと間の部屋では、仙太郎が顔に湿らせた布を当てて横たわっていた。夜具からのぞく右手に白い布が巻かれているのを見て、おけいは泣きたい気分になった。

「指は、右手の指は、折られちゃったんですか」

「大丈夫です。折れてなどいませんよ」

答えたのは怪我人の枕もとに座るお妙だった。殴られた顔を冷やす布を取り、桶(おけ)の水に入れて濯(すす)いでいる。

「ただ、お医者さまの見立てでは、中指の筋を痛めているので、当分は髪結いの仕事を休むことになりそうです」

「それにしてもだよ、なんだって、ガラの悪い盛り場なんかに行ったんだい」

待ち切れないように、おもんの苦々しい声が飛んできた。

「火消の若い衆が近くにいたから助かったけど、相手のゴロツキは、利き手の指を全部折ってやると息巻いていたそうじゃないか」

怖い脅し文句を思い出して、おけいは畳に震える手をついた。

「申し訳ございません。婆さまに会いたくて出直し神社へ行ったんです。夜道は物騒だからと仙太郎さんもついてきてくれて……」

たね銭のことは伏せた。でも二人で出直し神社へ行ったというのは本当だ。

「馬鹿だねぇ。若い娘を連れて盛り場を歩いたりしたら、よけいに物騒だってわかりそうなものなのに。まんまと酔っ払いにからまれて、怪我までさせられちまって」

おもんの愚痴が止まらない。畳に両手をついたまま、おけいは殊勝な態度でお叱りを受けていたが、そのうち濡れた布を顔にのせた仙太郎がくぐもった声を出した。

「わ、私が、悪かったんです。私のせいで……」

「しゃべっても大丈夫なのですか」

気づかうお妙に、はい、としっかり答えて話が続く。

「からまれたのは私のせいです。少し前に、柳橋の千代春さんから頼まれた仕事を、お断りしてしまったんです。〈くら姫〉を手伝う日と重なったもので、つい……」

千代春は柳橋で指折りの売れっ子芸者である。わざわざ声をかけてやった若い髪結いに仕事を断られ、誇りに傷がついたのだろう。腹立ちまぎれに悪口を言いふらしたそのなかに、仙太郎とぶつかったゴロツキが含まれていたというわけだ。

「今思えば軽はずみでした。あれほどお妙さまに、自分の仕事をないがしろにするなと言われていたのに、いらぬ恨みを買ってしまって――」

はっと話を止めたかと思うと、仙太郎は足で布団を跳ねのけた。

「そうだ、寝ている場合じゃない。明日もお客さまとの約束があるのに――」

あ、痛たた……と、起き上がりかけた身体を再び横にした若者に、お妙が布団をかぶせてなだめる。

「いけません。お腹を蹴られているから、二、三日はおとなしく寝ているようにと、お医者さまがおっしゃったでしょう」

「そうだよ、今さらよけいな心配はおやめ。客先へは明日の朝一番に、うちの手代と小僧を走らせるから」

二人の女に説き伏せられ、仙太郎は観念したように布団の上でうなずいたのだった。

◉

八日は昼前から本降りの雨となった。夕方に上がったものの、〈くら姫〉では久しぶりに客足の少ない一日が終わろうとしていた。

「お清さん、今日くらい早めに上がってくださいな。布巾はわたしが洗っておきますから」

「すみませんね、おけいさん」

洗い物を任されているお清は、三人の子供が待つ長屋へ帰っていった。

おけいは何枚もの布巾を井戸端で洗い、外の物干しにかけた。また雨が降らないか、前庭へ行って西の空模様を確かめていると、客が帰った店蔵から話し声が聞こえた。

「では、よろしくお願いいたします」

「見事な品を頂戴して喜んでいたと、ご店主にお伝えください」

ほどなくして店蔵の中から身なりのよい男が出てきた。店仕舞い後にやってきた、吉祥堂の中番頭である。

おけいは先まわりして外塀のくぐり戸を開け、中番頭を送り出してから店蔵に戻った。座敷の中では、女店主が大きな手提げ籠を持って歩きまわっているところだった。

「何かお探しですか、お妙さま」

「探しものではありません。この籠をどこに飾ればいいかを考えているのです」

浅い竹籠の中には、薄緑色のふきのとうが詰め込まれている。

「立派なふきのとうですね。春の香りがします」

上から覗いただけで、苦味のある芳香が鼻に抜けた。

「駒込(こまごめ)村で採れた新鮮なものだそうです。床の間に金柑の枝が飾られているのを知って、うちが志乃屋さんだけを贔屓(ひいき)していると、吉祥堂さんは思ったようです」

女店主は隠しきれない笑いを浮かべて言った。

二月の〈くら姫〉では、ほうじ茶の折敷に人気が集まっている。〈夫婦金柑〉を百五十人分用意しても、七つ（午後四時ごろ）前には売り切れてしまうほどだ。今まで振るわなかった煎茶の折敷も、二軒の店の菓子を盛り合わせたことで売り上げが伸び、吉祥堂の主菓子を添えた抹茶の折敷だけが、先月と変わらない売れ行きだった。

もとより百文の高値がついた折敷である。注文する客は限られており、お妙の胸算用でも一日に四十人分を売り上げれば上出来ということになっている。しかし、世間の注目を浴びることを無上の喜びとする吉祥堂の店主は、本物のふきのとうを店蔵の飾りとすることで、客の興味を引こうと思い立ったようだ。

「ようするに吉祥堂さんは焦っているのですよ」

それを聞いて、おけいは小躍りしたい気分になった。おしのが強欲な吉祥堂に一矢報いたわけだ。

そんな話をしているところへ、仙太郎がひょっこり顔を出した。

「まあ、もう歩きまわっていいのですか。まだ本調子ではないのでしょう」

「平気です。あれから四日も経ちましたし、足腰はつつがないですから」

答える仙太郎の左目の下には、大きな紫色の痣が残っている。右手に巻かれた白布も痛々しいが、当分は髪結いの仕事ができないことを、客に詫びて歩いているのだ。

「それより、お妙さま。外に風変わりなお客が来ていますよ」

「風変わりなお客、ですか？」

小首をかしげる女店主に、仙太郎の左手が前庭を示した。

「くぐり戸の前を行ったり来たりしている男がいたんです。大きな風呂敷を背負ってそわそわしているので、てっきり夜逃げか、江戸見物の田舎者かと思って……」

ここは旅籠ではなくお茶屋だと教えてやったところ、男はすがるように『お嬢さんに会わせてくれ』と頼んできたという。

「まあ、どなたかしら」

「胡麻塩頭の親爺さんです。片足を引きずって歩いていました」

おけいが脱兎のごとく庭へ飛び出した。すでに錠をおろしていたくぐり戸を開けて見まわすと、塀ぎわに立つ柳の下でうずくまっている男を見つけた。

「やっぱりそうだ。辰三さんですね」

「あんたは……」

垂れ下がった枝の間からおけいを見上げたのは、偏照院の寺男だった。

「とにかく、中へ入りましょう。ここにいたら風邪をひいてしまいます」

腕をとって立ち上がらせ、くぐり戸の内側へ招き入れたところへ、小袖の褄をとった女店主が駆けつけた。

「辰三！　ああ、懐かしい」

「お、お嬢さんですかい。なんとまあ立派に……」

成長したお妙の姿を目の当たりにして、辰三は地面にへたり込んでしまった。

「いやはや腰を抜かしちまうなんざ、我ながら情けねぇ」

味々堂の下男に背負われて店蔵まで辿り着いた辰三は、自分を取りかこむ人々に恥じ入ってみせた。

「お嬢さんがとびきりお綺麗になられたことは、そこにいる小さな巫女さんや、おしのさんからも聞いていたんですがね」

「十五年ぶりに会ったのなら無理もなかろう。それにしても、いきなり寺を追い出すとは無体な話だな」

渋い顔で言うのは味々堂の蝸牛斎だ。柳亭の料理人だった男が転がり込んだと聞いて、さっそく様子を見にきたのである。

「いったい、何があったのですか」

お妙も再会を喜びながら首を捻っている。

「辰三はお寺で頼りにされていると、おけいちゃんから聞いていたのですが……」

「それが、くだらねぇことでして」

決まり悪げな辰三が明かしたところによると、偏照院の本山が新しい寺男をよこしたため、自分はお払い箱になってしまった。尼僧たちも本山には逆らえず、泣く泣く辰三を見送るしかなかったのだという。

「俺は頑固爺ぃなもんで、本山の坊主たちから煙たがられていたんでさあ。でも、これだけはご安心ください。金柑の実はいつでも採りに行って大丈夫です。今度の寺男にも採り入れを手伝わせるからと、善照尼さまが約束してくださいました」

どうやら辰三は、自分が追い出される瀬戸ぎわでも、お妙の茶屋の菓子となる金柑を気にかけていたらしい。

「ありがたいことです。尼僧さまにも辰三にも感謝しなくては」

しんみりするお妙の横で、蝸牛斎が恰幅(かっぷく)のよい腹をなでながら肝心なことにふれた。

「——で、辰三さん。急場とはいえ、ここに来たということは、〈くら姫〉を手伝う決心がついたと思っていいのだろうね」

お妙はもちろん、その場に控えていたおけいと仙太郎も小さく息を呑(の)んだ。

「そりゃ転がり込んだからには、何でもするつもりですよ」

身を乗り出すお妙に、昔よりひとまわり小さくなった身体を向けて元料理人が言った。

「ですが、お嬢さん。俺は五十八にもなった老いぼれで、料理人としての盛りは過ぎちまった。なにより柳亭が焼けてからというもの、料理らしい料理をしていない。お嬢さんのお茶屋で通用する懐石を作れるかどうか……」

辰三の心配はもっともだった。夜の懐石を目当てに来る客は、口の肥えたお大尽(だいじん)たちが中心となる。間違っても半端な料理を出すわけにはいかないのだ。

「——わかりました」

前に乗り出した身体を引き戻し、はやる気持ちを押さえてお妙が言った。

「辰三には、まず腕だめしの料理を作ってもらうことにしましょう。昔の勘が戻れば話を進めますが、料理が駄目でもかまわないのです」

無理をしなくてもよい。気楽に店を手伝いながら自分の傍で暮らしてもらえれば、それだけで嬉しい。そんなお妙の言葉が、辰三の心を突き動かしたようだ。

「お嬢さんにそこまで言ってもらって、尻込みするわけにいきません。大旦那さまに教わった料理の基本を思い出して、一からやってみます」

「よし、これで面白いことになった」

主従のやりとりを聞いていた蝸牛斎が、いかにも嬉しそうに両手を揉み合わせた。

「なんだかんだ言っても、お妙さんはせっかちな人だからね。辰三さんも忙しくなると覚悟しておいたほうがいい。困ったことがあれば、いつでも相談に来なさい」

「すまねえ、昧々堂の旦那。ほかのみなさんも、どうぞよろしく頼みます」

辰三は改まって胡麻塩頭を下げたのだった。


その夜、かすかに人の声を聞いた気がして、おけいは目が覚めた。

(辰三さんの寝言かな)

昨日まで一人で寝起きしていた店蔵に、今夜からは辰三も階下に布団を敷いて眠っている。しかし切れ切れに聞こえてくるのは、男の声だけではなかった。

(こんな夜中に誰としゃべっているのかしら)

耳を澄ませ、どうやら蔵の外で話しているらしいと見当をつけたおけいは、足音を忍ばせて階段を下りた。開け放された扉の外からは、さっきよりもはっきりと人の会話が聞こえてくる。

「なんでまた舞い戻ってきたりしたのさ。二度と紺屋町の土は踏まないって、〈網代〉と約束したんじゃなかったのかい」

険しい声色は、おけいがよく知っている女のものだった。

「俺だって、こんなことになるとは夢にも思わなかったさ。けどな、おもんさん。あの人に頼まれちまったんだ。仕方ねぇだろう」

「何を頼まれたっていうんだい」

不機嫌そうなおもんに、辰三が声を忍ばせる。

「もう一度あすこに戻って、お妙さまに力を貸してやってくれと言われたのさ」

「…………」

おもんが黙り込み、辰三の声が続く。

「あのことが明るみに出ないよう、あんたがずっと心を砕いてきたことは知っている。だが、今回のことは網代の旦那も承知のうえだ。あの人が望むとおりにするとお決めになったんだから」

「それじゃ、あの人はもう……」

歩きながら話しているらしく、二人の声はだんだんと小さくなってゆく。あとを追って続きを聞くべきか迷っているうち、片方を引きずる足音が蔵に戻ってきた。

おけいは慌てて二階へ上がり、自分の布団にもぐり込んだ。

（なんだろう。とても大事な話を聞いた気がするのだけど）

辰三は、偏照院を追い出されてここへ転がり込んだはずである。少なくともお妙の前ではそう言っていた。でも今の話を聞く限り、もっと別の事情があるようだ。

二人がその名を口にしていた網代の旦那とは、お妙を育てた継母・お冨士の実弟である。植木職人となった佐助の話によると、十三年前の火事で焼け出された柳亭の奉公人たちは、お店のことをすべて忘れる約束で、網代の先代に働き先を世話してもらったはずだ。

（何を忘れなくてはいけなかったというのかしら。火事の当日には辰三さんとおもんさんだけが店に残っていたというし、まさか商売敵の網代と手を結んで、店に火をつけたなんてことは——）

だが、おけいはすぐに考え直した。網代は娘のお冨士を柳亭に嫁がせていたのだから、火をつけるなんてありえない。

それに、自分に新しい下駄を買ってくれたのはおもんだ。お妙が用意したと聞いていた巫女のような白衣と袴も、本当はおもんが夜なべをして縫ったものだと、お妙が教えてくれた。表向きは怖い顔を見せているおもんには、誰よりもこまやかで優しい裏の顔があるのだ。知り合って日が浅い元料理人の辰三も悪人とは思えない。

（それにしても、辰三さんの言う『あの人』って誰だろう）

『あの人』について考えたとき、とうの昔に亡くなった百合という名の女のことが頭に浮かんだ。布団の上に起き上がり、おけいは物置の奥を見た。格子で仕切られた向こうには、お妙の実母の着物が手つかずのまま残っている。

（いいえ、違う。何かが足りない。わたしが柳亭の蔵について聞いた話には、まだ抜けていることがあるのだわ）

足りないものを突きとめるには、ここで何が起こったのかを知らなくてはならない。しかしそれは簡単ではなさそうだ。網代の長次郎に訊ねるわけにはいかないし、おもんが明るみに出さないと決めたことを、やすやすと他人にもらすとは思えない。

（残るは辰三さんね。たとえば柳亭が賑わっていたころの思い出なりとも聞かせてもらえないかしら）

再び布団にもぐり込んだおけいは、いつの間にか眠りの中に吸い込まれていった。

◉

お蔵茶屋に新しい仲間が加わって数日が過ぎた。辰三は早朝から市場へ出かけている。店蔵の座敷で嘆いているのは、手伝いにやってきた仙太郎だった。

「もったいないなあ。あれもこれも見事なものなのに」

畳の上に広げた着物に虫食いや汚れはないか、丸い目を見開いて調べるおけいも、同じことを思っている。

「本当に惜しくはないのですか、お妙さま」

「かまわないのですよ」

畳紙の中から次々と豪華な着物を取り出す女店主だけが、口もとにいつもの微笑みを浮かべている。

「いざというときには金子に換えるつもりで集めたものですからね。そのときがきたというだけです」

お妙が味々堂の内蔵から持ち出したのは、御殿奉公をしていたころに買い集めた衣装だった。全部で二十枚近くあるだろうか。

「奢侈に思われるでしょうが、私がいた御殿の奥では、もっと贅を尽くしたものが溢れていたのですよ」

江戸城の大奥は言うに及ばず、大名家の奥向きでも女たちの衣装争いは熾烈だった。しかし実家の後ろだてを失くしたお妙は、御殿の中で見栄は張らないと決めていた。給金のほかに衣装代が支給されても新調はせず、日ごろから上役や朋輩たちに好かれるよう心がけて、お古の衣装を安く譲り受けるようにしたのだ。

自分の好みでなくとも買い得なものはすべて引き取り、町方で着られるように仕立て直した。金銀色糸の刺繡や、摺匹田と呼ばれる京鹿の子の技法などを用いた総模様は、古手屋へ持ち込めば高値で買い取ってもらえると知っていたからである。

「すべて手放すわけではありません。お茶屋の衣装として使いたいものもありますし。でも、そうですね」

座敷に散り敷かれた鮮やかな小袖の中から、お妙はとくに派手さが際立つものを選り出した。深い青地の裾に竜宮が描かれ、亀や鯛や伊勢海老など縁起のよい海産物がちりばめられたもの。二頭の唐獅子が蹴鞠にじゃれつく力強い柄ものや、傘をさして清水の舞台から飛び下りる娘を題材とした珍品などだ。

「これらは古手屋に買い取ってもらいます。お茶屋で着るには奇抜すぎますから」

「では、これも売ってしまうのですね」

仙太郎が手に取って広げたのは、大きな芭蕉の葉を描いた黒縮緬に、南国の鳥を極彩色の糸で刺繍した逸品だった。

「残念だなあ、近ごろではお目にかかれない元禄期の打ち掛けなのに」

お妙とて心の中では残念に思っているのだろうが、そうも言ってはいられない事情があるのだ。

「ただ今戻りました……おっと、こいつは呉服屋でもおっ始めるおつもりですかい」

土間に入ってきた辰三が、座敷を見るなり声を上げた。

「お帰りなさい。市場はどうでしたか」

軽口を聞き流した女店主に、辰三は両手に提げた籠を持ち上げて、まあまあだと答えた。その顔はまあまあどころか明らかに得意そうだ。

「日本橋でいいヒラメが手に入りました。それと神田の市場で蓮根と銀杏を少し」

「いいですね。あとで私もお伺いしますからと、お師匠さまに伝えておいてください」

わかりましたと言って辰三が向かった先は隣の家だ。隣といっても南側の味々堂ではなく、北隣の手習い処である。

〈くら姫〉で夜の懐石料理を出そうと思い立ったお妙だったが、店蔵には料理を作る場所がない。新たな調理場を建て増しするまで、近くに空き家を借りるつもりでいたところ、声をかけてきたのが隣家の手習い師匠だった。

『調理場をお探しだと聞きました。よろしければうちの台所をお使いになりませんか』

もともと隣家は、食道楽で知られた商家の隠居が建てたもので、料理人を雇ってご馳走を作らせるための立派な台所を備えていた。残念ながら隠居は引っ越しの前日に急逝してしまい、売りに出されていたのを女師匠が買い取ったのだ。

独り身の師匠は煮炊きをせず、仕出しの弁当を届けさせている。湯を沸かす程度しか使ったことがないという台所は綺麗なままだった。

『こいつは立派なものだ。三つ口の竈に銅壺もついているし、鍋釜や器類を置く棚もある。流しが大きいのもありがたい』

調理場を得た辰三は大喜びで、市場と隣家を行ったり来たりしては昔の得意料理をお妙に食べさせた。これなら客に出せると確信したお妙は、次の資金繰りを始めたのである。

「そろそろ着物を片づけましょう」

お妙は虫穴やほころびがないと確かめた御殿の衣装を二手に分け、近いうちに売ってしまう分は、蔵の二階に移すことにした。

衣装を運び入れながら、おけいは座敷の隅に置かれた荷物のことが気になっていた。お妙の実母のものと思われる着物が収められた長持(ながもち)である。

　茶屋が落ちついたら遺品をあらためると言っていたお妙だったが、二か月が過ぎてもその機会はない。このままでは何年経ってもらちが明かないと踏んだおけいは、衣装を運び終えたあとで、階段の上から伺いをたててみた。

「あの、お妙さま。ついでと申し上げてはなんですが、長持の中のお着物もご覧になりませんか」

「母の着物、でしたね」

　わずかなためらいののち、お妙は思い切ったようにうなずいた。

「お願いします。ただ、私が二階に行けないものですから……」

　申し訳なさそうなお妙は、おけいが次々と運び下ろす着物を階段の下で受け取った。

　昧々堂の内蔵から仙太郎が戻ると、あっという間に長持は空になった。

「まあ、大半は仕付け糸が残ったままだわ」

　畳紙を開けたお妙が感慨深げにため息をついた。残されていた十枚は友禅(ゆうぜん)染めの小袖だった。さっきまで見ていた豪華な衣装とは比べるすべもないが、町方の着物としては上等な品だ。

「母のために父が買ったものだと思います。私の母はとても貧しい浪人の娘で、裸で嫁にきたのも同然だったと、お祖父さまが言っていましたから」

　継母の着物は混ざっていないのかと訊ねるおけいに、お妙は首を横に振ってみせた。父の後妻となったお富士は、客をもてなす立場の者が目立ってはいけないからと、いつも紬(つむぎ)か地味な小紋を着ていたという。

「きっと、実のお母さまというのは、しとやかな方だったんでしょうねぇ」

淡い色合いで描かれた花々が匂い立ちそうな小袖を、仙太郎がうっとり見入っている。

「私は覚えていませんが、美しい人だったと聞いています。一目惚(ひとめぼ)れした父が、あの厳しいお祖父さまに猛反対されてもあきらめきれず、最後は押し切るかたちで店に迎えたそうですから。この着物は――」

お妙は白い縮緬地に薄墨で百合(ゆり)の花が線描きされた清楚(せいそ)な小袖を選び出した。

「そのときに父から贈られたものでしょう。祝言こそ挙げなかったものの、母は名前と同じ百合の花を描いた着物で嫁いできたのだと、後々父が教えてくれました」

きっと絵のような眺めだったろうと、おけいは思った。

「ああ、いいなぁ」

仙太郎も友禅の着物を手にとって、切なそうなため息をもらしている。

「真っ白な百合の花の着物で歩く花嫁が目に浮かぶ。そうだ、私だって……」

優男(やさおとこ)の廻り髪結いが、ひとりごとの最後のつぶやきを飲み込んだ。

◘

二月もすでに半ばとなった。早ければ桜が咲く時期だが、今年は佐助の予想したとおり、晦日(みそか)あたりが見ごろとなりそうだ。

〈くら姫〉はますます盛況で、昨日は二百五十五人の客が入った。注文の内訳は、ほうじ茶が百五十人。煎茶が五十五人。抹茶は五十人である。

「さすがは吉祥堂さん。本物のふきのとうを飾ったことで、お客さまの気を引きましたね。昨日から多めに卸してもらったのが、塩梅(あんばい)よく売り切れてしまいました」

仕入れの読みが当たったお妙も満足そうで、朝のうちに離れ座敷を訪ねたおけいを相手に、早くも翌月の話を始めた。

「もうお菓子を探し歩かなくても大丈夫ですよ。今月はどの菓子も好評なので、三月も同じお店にお願いすることにしました」

どの店も二つ返事で引き受けたという。

「今から楽しみですね。おしのさんはどんなお菓子を考えてらっしゃるのかしら」

ふふ、と、お妙が楽しそうに含み笑いをもらす。

「じつは私からお願いをさせてもらいました。ぜひともおしのさんに作ってもらいたいものがあったので」

どんな菓子かと訊ねても、お妙は笑みを浮かべて、見てのお楽しみと言うだけだ。

「今の話は内緒ですよ。吉祥堂さんが聞きつけたら、また志乃屋さんだけ贔屓(ひいき)しているなんて言い出しかねませんからね」

菓子の話が一段落したところで、辰三と仙太郎も離れにやってきた。そろった顔ぶれを前に、女店主が今後の商いについて語り出した。

「いよいよ来月から〈くら姫〉で夕餉(ゆうげ)の懐石を出すことにします。値段はおひとり五百文。ひと晩に十二人までとしておきます。ゆったりとお食事をしていただきたいからです」

ひと晩に十二人は少ない気もするが、片足に古傷を抱えた老料理人に配慮した人数だろうとおけいは思った。

「手始めに三月三日の夜、これまでお世話になった方々をお招きして、お披露目の会を開きます。好評なら本格的にお客さまをお迎えします。辰三、やりくりは大変でしょうが頼りにしていますよ」

持ち上げられた料理人は、胡麻塩頭を掻(か)きながらも嬉しそうだ。

次にお妙は、指の怪我が治るまで茶屋を手伝うことになっている若者を見た。

「仙太郎さんには、暮れ六つから四つ前まで働いてくれる女の人を探していただきたいのです。お客さまのご案内や下足番、洗い物などの仕事は昼間と変わりませんが、料理のお運びだけは、それなりの人に来ていただけると助かります」

「わかりました。心当たりをあたってみます」

力仕事は苦手の仙太郎だが、町の女たちに顔が利くことにかけては、へたな口入(くちい)れ屋より頼りになるのだった。

「お妙さま。お迎えの駕籠(かご)がまいりました」

障子の外から女中が呼んでいる。

今から三月の店蔵に飾る花を見に行くという女店主を、おけいが呼び止めた。

「仕分けした衣装は、いつ座敷に下ろしましょうか」

「ああ、そうでした」

お妙が廊下で振り返った。

「古手屋さんが来るのは明日の朝ですから、今夜中に運んでもらえるよう味々堂の下男に頼んでおきます。母の着物も一緒に下ろしてもらわなくては……」

それだけ言い残して、お妙はあわただしく出かけて行った。


その日の宵のことである。夕餉をすませ、味々堂の勝手口から裏庭へ出たおけいをお妙が呼び止めた。

「ちょっと待ってくださいな」

離れの縁側を下りたお妙が、一緒に歩き出した。

「私も店蔵へ行きます。今のうちに母の着物を選り分けておこうと思って」

「やはり、お母さまの着物も売ってしまわれるのですね」

おけいは足を止め、お妙の顔を見上げた。

「そんな目で見ないでください。私には着られそうもない色柄ばかりですし、何枚かは形見として残しますから」

「すみません。つい」

非難がましい顔をしてしまったことを、おけいは詫びた。
そもそも柳亭の古蔵を茶屋として甦らせたのは、蔵で夭死した実母を供養したいという
お妙の気持ちがあってこそだ。形見を売り払うことに心を痛めないはずがない。しかし、
新たな奉公人を雇い、お披露目の席で懐石料理をふるまうには、どうしても先立つものが
必要だった。
空には満月に近い月が浮かんでいた。しんみりとした気分のせいか、普段はおしゃべり
をして歩く二人が、今夜はだまって蔵の横を通り抜けた。
「――待ってください」
先に蔵の角を曲がったおけいが立ち止まった。扉の隙間からあかりがもれていることに
気づいたのだ。
「中に、誰かいるようです」
ひそめ声を聞いて、お妙も足を止める。
「泥棒でしょうか。でも、まだ宵の口なのに」
万が一にも大事な着物を持って行かれてはつまらないので、こっそり中を覗いてみるこ
とにした。
前後して扉の前に立ち、おけいが隙間に顔を寄せる。行灯が灯された座敷には、確かに
人影が動いている。
「おけいちゃん、見えますか？」

「はい、女の人が……」

まるで白い蝶が羽ばたくように、白い着物の女が座敷を舞っていた。長い髪を背中になびかせ、ふわり、ふわりと何度もまわっては畳に裾を引いている。

妖しくも美しい光景に見入っていると、急におけいの背中が重くなった。自分の頭越しに中を覗いていたお妙が、いきなり上から崩れかかってきたのだ。

「お、お妙さま、お妙さまっ」

おけいは、覗き見していたことも忘れて叫んだ。

「ああ、大丈夫です。ちょっと眩暈がしただけで……」

「お妙さまがどうしたのっ！」

おけいの背中が軽くなったのと、蔵の中から仙太郎の声が聞こえたのは、ほとんど同時だった。


「本当に、医者を呼ばなくてもいいのですね」

「ご覧のとおり、もう大丈夫ですから、二人ともこちらへいらっしゃい」

店座敷に座ったお妙は、まだ右往左往しているおけいと仙太郎を呼び寄せた。

「心配かけましたね。蔵の中で白い着物が舞っているのを目にした途端、幼いころに見た夢の景色と重なって、一瞬だけ気が遠くなってしまいました」

白い手が持ち上がり、梯子のような階段を指した。

「でも思い出しました。あれは夢ではなかったのです。あの日、私は本当に蔵の階段を上りました。二階には格子の間仕切りがあって、その向こうは桜の花が満開でした。桜襲(さくらがさね)の色目を着た女の人が現れたかと思うと、手にした小枝を振り下ろして……。驚いて逃げようとした私は、階段を転げ落ちてしまいました」

お妙の目には、今もその光景が見えているかのようだった。

「あれは母の幽霊だったのか、あるいはお祖父さまが言ったとおり、お蔵の鬼に会ってしまったのかもしれません。だって、鬼が醜いものとは限りませんものね」

お妙の口もとにいつもの微笑が戻ったのを見て、仙太郎が畳に手をついた。

「申し訳ございません。無断で上がり込んだうえ、大切なお着物に袖を通したりして」

さっき白い小袖で舞っていた女の正体は仙太郎だった。

「あの見事なお衣装が、明日の朝には古手屋さんの手に渡ってしまうと聞いて、もう一度だけ見ておきたかったんです」

見るだけのつもりが、豪華な御殿女中の衣装や繊細な友禅染めの小袖を目の当たりにすると、だんだん妙な心持ちになっていった。お妙の実母の花嫁衣装だったという純白地に百合の花を描いた一枚を見たときには、勝手に身体が動いていた。片袖だけを通し、もう片方の袖はふわりと肩に羽織っただけだったが、自分でも不思議なくらい気分が昂揚(こうよう)した。すぐに脱ぐつもりだったことも忘れ、花の上を飛びまわる胡蝶(こちょう)になった気分で舞ってしまったのだという。

「とんだ恥さらしです。あんな姿をお目にかけてしまうなんて、本当にみっともないったら――」

「およしなさい」

さえぎる女店主の声は厳しかった。

「自分を嘲るのは感心しませんね。それに……」

わずかな思案ののち、お妙はいつもの口調に戻って、目の前の若者に語りかけた。

「ねえ仙太郎さん、違っていたらごめんなさい。あなたは男の人ですが、もしかしたら、私やおけいちゃんと同じ女の心を秘めておいでなのではありませんか」

「お、お妙さま」

仙太郎の肩が小刻みに震えた。

いったい何の話をしているのか、おけいにはよく呑み込めなかったが、やがて袖で目もとをぬぐった仙太郎が自分の人生について語りはじめた。それは先だって、おけいが出直し神社で聞いたときとは少し趣の異なる内容だった。

「お察しのとおり、私は物心ついたころから自分が男だということが心に馴染みませんでした。女の子に混じってお人形遊びをするのが好きな子供だったんです。着物だって綺麗な色柄ものが着たかった。でも、そんなことを口にするたび、お父つぁんにこっぴどく叱られました。おっ母さんも困った顔をなさるので、だんだん自分の本心を隠すようになりました。そのうち家の仕事を覚える歳ごろになると、今度は月代を剃れと言われて……」

町人の男が、額から頭頂部にかけて髪を剃りあげるのは当たり前だった。月代を剃らなくても罰せられるわけではないが、一人前の堅気だと世間に認めてもらえない。

「泣く泣く髪を剃りました。でも、見た目だけ取り繕っても、どうにもならないことがあります。湊屋の若旦那は女みたいで気持ち悪いなんて同業から陰口をたたかれ、奉公人にも馬鹿にされる始末です。荒っぽい仕事も性に合わず、もう、いっそ野垂れ死んでもいいから家を出ようと心に決めました」

実際には野垂れ死んだりしなかった。なかなか弟子をとらないことで有名な女髪結いの家へ、見習いとして預けられたからだ。

数年経って師匠のもとから巣立ち、廻り髪結いとして客に恵まれた。人さまの髪を綺麗にして喜んでもらうのは甲斐があったが、仙太郎の心が満たされたわけではなかった。

「私には、美しくなりたいという願望があるのです」

目の前に座るお妙を、仙太郎が憧れの眼差しで見つめた。

「お妙さまの見事な御殿女中の装いを拝見してからは、一層その思いが強くなりました。お運びの娘たちが可愛らしいお仕着せで働くのを見るにつけても、うらやましくてなりません。自分なら同じ衣装をもっと綺麗に着こなせる。お客さまの応対だってもっと上手にできる――。そんなことばかり考えているうち、髪結いの仕事に気持ちが入らなくなりました」

茶屋の手伝いにのめり込み、売れっ子芸者の誇りを傷つけた挙句、痛い目をみることになったのは天罰だ。神さまにさえ本心を隠して半端な願いごとをした罰が当たったのだと、仙太郎はようやく白布が取れたばかりの指を見つめた。

「人さまの髪をどれほど美しく結い上げたとしても、今の私には本心から喜べません。まずは私自身が綺麗になりたい。それが叶わないうちは、何をやっても半端になってしまうでしょう」

　胸のうちを明かしたせいか、仙太郎はさっきまでとは比べものにならないすっきりした顔で、お妙の前に両手をついた。

「こんな私を見捨てないでください。きっとお役に立ちますから……」

　お妙は瞬きすらせず話に聞き入っていた。そして長い沈黙のあと、仙太郎を見つめて言った。

「わかりました。さっそく明日から〈くら姫〉の奉公人になっていただきます」

◉

「そんな男の話はたまぁに聞くが、まさか仙太郎さんがそうだったとはなぁ」

　胡麻塩頭に手拭いを巻いた辰三は、大鍋で引いた出汁を行平に取り分けながらうなった。

　今朝がたお妙からことのあらましを聞き、今後は力を合わせて〈くら姫〉を守り立ててくれと頼まれたのだという。

「俺は気にしねぇよ。こんな頑固爺ぃだが、他人の癖をとやかく言うほど了見は狭くないつもりだ。あの人が赤いべべ着て現れても腰を抜かさなきゃいいんだろう」

「いきなり女の格好で人前に出たりはしないそうですよ。でも、見た目が変わっても、仙太郎さんは仙太郎さんですよね」

おけいはエビの背ワタを抜きながら納得した。朝から手習い師匠宅の台所に顔を出し、懐石料理の試作を繰り返している辰三を手伝っているのだ。

「それで、お嬢さんは、おっ母さんの着物を売っちまうのかい」

「はい。形見に二、三枚残すほかは。自分には似合わないとおっしゃって」

さっき古手屋の番頭が来て、お妙と一緒に店蔵へ入っていった。今ごろは衣装の品定めが行われていることだろう。

「着ないものを惜しんでも仕方ねぇよな……、おっ、あんた、なかなか筋がいいぞ」

「ありがとうございます。ところで辰三さん」

下拵えを終えたエビを受け取る老料理人に、おけいが訊ねる。

「お妙さまの実のお母さまって、どんなお方だったのですか」

武家の血を引く美しい人だったとお妙に聞いたが、これから解き放つべきものの正体を探るためにも、柳亭に長く仕えた辰三の話を聞いておきたかった。

しかし、答えは返ってこなかった。無言のまま小さなイイダコを茹ではじめた料理人は、笊に入れた豆をおけいに突き出した。

「次は小豆を掃除してくれ」

「はい」

おけいがおとなしく小豆の中から虫の喰ったものを選り分けていると、しばらくして辰三の口が動いた。

「百合さまはな、そりゃあ大した別嬪だった。名前のとおり華奢で、はかなげで、木陰に咲くササユリの花のような方だったが、あれは手折ったら枯れてしまう類いの花だったんだ。百合さまを柳亭に連れてきたことを、旦那さまは後々まで後悔していなさったよ」

思わずおけいが顔を上げた。さっきの答えであることはわかったが、言葉尻に明らかな苦みが含まれていたからだ。

辰三によると、百合は貧しい傘張り浪人の娘だった。母親は貧乏に飽きて家を出てしまい、病弱な父親を看病しながら内職で暮らしを支えていた。そんな貧境の娘が、たまたま傘屋の前を通りかかった半兵衛の目にとまったのだ。

「一目惚れした旦那さまは、浪人の親父さんが亡くなったのを機に百合さまを嫁にすると決心しなすったが、これに猛反対したのが隠居の半翁さまだ。老舗料亭の娘を息子の嫁に迎えるのが、半翁さま積年の願いだったからな」

しかし半兵衛もあきらめなかった。それまで逆らったことのない父親に対し、もし百合を嫁にできないなら、自分は柳亭を捨てると言い出した。こうなると半翁もお手上げだった。四十を過ぎて授かった一人息子に出て行かれては困る。しぶしぶ百合を家に入れるしかなかった。

「半翁さまはとことん百合さまを嫌ったよ。料理屋の嫁としての作法を知らないのはともかく、臆病で弱々しいご気性が気に入らなかったんだな。お客さまの前でまともな挨拶ができるまでは、決して女将とは認めないと言って、俺たち奉公人にも『百合さま』と名前で呼ばせたくらいだ」

それでも気の弱い百合は、柳亭の女将らしく振る舞うことはできなかった。くる日もくる日も、怯えたように大きな目を見開き、舅から逃げ回って暮らすうち、とうとう病にとりつかれた。初めての子を産んで間もなくのことだった。

「産後の肥立ちも悪かったんだろうが、半翁さまは厳しかった。お客さまが出入りする屋敷に病人など置けないからと、百合さまを蔵の中で養生させるようお決めになった」

そのまま二年が過ぎ、百合は蔵の中でひっそりと短い生涯を終えたのだった。

「旦那さまにはどうすることもできなかった。なにしろ店主とは名ばかり。あのころの柳亭は、店のことも奥向きのことも隠居の半翁さまが仕切っていなさった」

半翁は最後まで百合をしいたげた。葬儀は内々にすませ、実家の父親が眠る寺の片隅に埋葬させたのだという。

なにより奉公人たちを驚かせたのは、それからすぐ老舗料亭〈網代〉から、娘のお富士が半兵衛の後妻として嫁いできたことだ。かつて半兵衛が板場修業をさせてもらった縁もあり、網代の娘が年増になっても家にいると知って、半翁が強引にまとめた話だった。

「俺たちも戸惑ったよ。百合さまが亡くなって半年も経ってなかったからな。けどお富士さまは、そりゃあよくできたお方だった。料理屋で育っただけあって、客あしらいから奉公人への気配りまで抜かりがない。言っちゃ悪いが百合さまとはものが違った」

　半翁はそれ見たことかと高らかに笑い、奉公人たちも若い女将さんを頼りにした。二歳で実母を亡くしたお妙も、新しい母親によく懐(なつ)いた。ただ半兵衛だけは、お富士に感謝しつつも、憐(あわ)れな前妻を忘れることはなかった。朝な夕なに供養の膳(ぜん)をこしらえては、百合のために蔵へ供え続けていたという。

「そうだったんですか……」

　思わぬ長話にぼうっとなりながら、おけいは長持の中に収められていた友禅染めの淡く優しい絵柄を思い浮かべた。

　執拗(しつよう)な嫁いびりに苦しみ、ひと言も返せないまま蔵の中で亡くなった百合。柳亭の古蔵にその哀しみが詰まっていることは間違いなさそうだが、はたしてそれだけだろうか。

　店蔵からは、衣装の売り買いを終えたお妙と古手屋の声が聞こえる。選り分けた小豆を鍋に移し、おけいも隣家の台所をあとにした。


　早くも二月の下旬にさしかかった。その日の商いを終えた店蔵では、お馴染みの顔ぶれが集まって黒塗りの重箱をかこんでいた。

「さっそく拝見しましょう」

　お妙は自分の前に重箱を引きよせ、一段目の蓋(ふた)を開けた。

「あらまあ、綺麗だこと。お正月が戻ってきたみたいですね」

「皿に盛っても味気ないと思ったもんで」

辰三が用意したのは、懐石料理を二段重に詰めたものだった。一段目には季節の魚である桜鯛をはじめ、クルマエビの鬼殻焼き、豆腐の味噌田楽などの焼き物と、山菜の天ぷらなどが並び、二段目には煮物と酢の物がいろどりよくおさまっている。

「飯と椀物もございますので、みなさんもどうぞ」

物相で扇形に抜いた赤飯と椀物が配られるあいだに、お妙が重箱の料理を人数分の小皿に取り分けた。

「うーん、どれもいい味だ。柳亭は大坂料理の流れを汲む店だと聞いていたが、江戸人好みの味つけとうまく折り合っている。とくにこの椀物は絶品だよ」

真っ先に料理を受け取った蝸牛斎が、またたく間に取り皿を空にして褒めた。

「あ、ありがとうございます、味々堂の旦那」

茶人として懐石料理にも通じた蝸牛斎の言葉に、辰三の顔が真っ赤になった。

「椀物の白魚真蒸は半翁さまの得意料理でした。直々に作り方を教えてもらったのは、雇いの料理人の中では俺一人なんでさ」

「赤貝の酢味噌和えも美味しいですよ。私はこの優しい白味噌の甘さが好きだな」

仙太郎も美味いものは食べ慣れているようだ。

ご馳走など食べつけないおけいは、だまっていただいていたが、不可解に思うことがあった。蝸牛斎が感心するほどの腕を持ちながら、なぜ辰三は包丁を置き、寺男をしていたのだろう――。

「おけいちゃん。エビの殼は剝きにくいですから、こちらを召し上がれ」

「ありがとうございます」

お妙は自分が剝いたエビの身を差し出し、代わりにおけいの皿を引きよせた。

「エビは私の好物だったので、お正月にはお父さまが鬼殼焼きをどっさり用意してくれました。晴着を汚してはいけないからと、殼を剝くのはお継母さまの役目で……」

お冨士の器用な指が剝き終わるのを待ちかねて次々と食べてしまい、満足するころには殼の山ができていた。今にして思えば、継母自身は一匹も自分の口に入れていなかったのではないかと、お妙は自分の手でエビの殼を剝きながら泣き笑いの顔をした。

「本当にお継母さまはしっかり者で、どんなときでも朗らかさを忘れない良妻賢母でした。私も子供心にあこがれて、継母の仕草や話し方を真似たものです」

おけいは、はっと顔を上げた。聞き捨てならないことを聞いた気がしたのだ。

（今なんて言ったのだっけ。たしか、育てのお母さまの……）

考えるうちにお妙の昔語りは終わり、懐石料理の話に戻っていた。

「味つけは申し分ありません。あとは料理の見せ方を工夫しましょう」

「見せ方、ですかい？」

首をかしげる老料理人に、お妙はうなずいてみせる。

「お披露目の宴は三月三日、雛祭りの夜です。夜も引き続き女のお客さまを大切にするつもりですから、見た目にも趣向をこらした料理をお出ししたいのです」

うーん、と辰三が腕組みをした。料理の腕に覚えがあっても、女好みの趣向を考えるとなると勝手が違うらしい。

「半翁さまも、旦那さまも、洒落た盛りつけがお上手でしたよ。けど俺は飾り立てるのがどうも苦手で……」

「では、盛りつけは私に任せてもらいましょう。これでも柳亭の一人娘ですからね」

お妙が頼もしく請け合ったところに、蔵の扉が外から開かれた。

「すみません、お嬢さま」

「あら、おもん。どうしました」

扉の向こうで難しい顔をしているのは味々堂のおかみだった。

「うちの店先にお客さまが来られて、今すぐ〈くら姫〉の店主と話をさせろとおっしゃるのです」

「性急ですね。どこかのお菓子屋さんですか？」

腰を浮かせながら訊ねるお妙に、ちらっと、おもんが座敷の中へ視線を走らせる。その目が仙太郎に向いたのを、おけいは見逃さなかった。

「いいえ、それが茶屋のご用ではございませんようで……」

お妙も何かを察したらしく、軽く目配せを返す。

「よくわかりました。ここでお会いしますから、外をまわってご案内してください」

おもんが立ち去ると、お妙は座敷の一同を見渡して言った。

「ご苦労さまでした。宴の趣向については改めて打ち合わせましょう。蝸牛斎さま、その折にはまたご意見をお聞かせくださいませ」

「いつでも呼んでおくれ。楽しみにしているよ」

大きな身体を持ち上げて老人が退出し、辰三も重箱と皿を抱えて隣家の台所へ引き上げた。続いて蔵を出ようとする仙太郎を、お妙が呼び止めた。

「あなたは残って、私の隣にいてください」

「はっ、はい」

仙太郎が自分の傍らに座るのを見て、お妙は土間で待っているおけいに言った。

「お客さまのお出迎えをお願いできますか」

「承知しました」

前庭へ飛び出したおけいが外塀のくぐり戸を開けると、ちょうど町屋敷の角を曲がって、おもんに先導された客人がやってくるところだった。

（やっぱり――）

四角張った身体をゆすって歩く男には見覚えがあった。

目の前に立った男も、巫女の格好をした小娘を見下ろして、むっつりと口をへの字に曲げたのだった。

店蔵の座敷で、お妙と客人が向き合っていた。

「お初にお目にかかります。〈くら姫〉店主の妙と申します」

美人を前にしても、客は強面(こわもて)をゆるめる気配はなく、これ以上は下がりようもないほど口の両端を引き下げて名乗った。

「芝の鮮魚問屋、湊屋久右衛門だ。倅(せがれ)の仙太郎が世話になっていると聞いて伺った」

大きな態度と、喉をつぶしたガラガラ声は、男たちが威勢を張り合う雑魚場の仕事を長年続けた証(あかし)だ。

「あらあら、仙太郎さんのお父さまでしたか」

客の素性はわかっていたと思われるお妙が、微笑を浮かべて驚いてみせる。

「息子さんにはいろいろとお世話になっています。いずれご挨拶に伺おうと——」

「今日は、倅に伝えてもらいたいことがあって来た」

伝えるもなにも本人は目の前にいるのだが、どうやら久右衛門は、息子とは口をきかないと心に決めているようだ。

「ようやく芝の町名主(まちなぬし)さまが腰を上げてくれた。二、三日のうちに奉行所へ申し出がゆくと言ってやってくれ」

「お奉行所に何の申し出を……？」

首をかしげるお妙に、久右衛門が言い放つ。

「勘当だ。倅とは正式に縁を切る」

お妙の顔から笑顔が消えた。

「それは、穏やかではありませんね」

座敷の隅で控えていたおけいも驚いた。勘当とは始末に負えない子供を家から追い出し、役所に申し出たうえで、家族の名前が記された人別帳から外すことだ。正式に勘当された者は、親の資産を相続することができない。それどころか世間の枠から外れた無宿人とみなされてしまう。

「そもそもあいつが湊屋を出ると言い出したときの約束だ。どうしても魚問屋が嫌なら仕方がない。だが家業を捨てて勝手をするからには、必ず別の道で一人前になると誓わせた。生半尺な真似をするなら、次こそ縁を切るとな。それがどうだ――」

久右衛門はさらに憤懣を吐き出した。

「ようやく髪結いで食えるようになったと思った矢先、ちゃらちゃらと茶屋の呼び込みなんぞを始めた。しかも悪名高い盛り場に出かけて、大事な指に怪我をするとは情けない」

「そ、それは、違います」

思わずおけいが声を上げていた。

「お話の途中で申し訳ございません。でも違うんです。仙太郎さんはずぶろく横丁へ出かけたのではなく――」

「だまりなさい」

不機嫌そうに久右衛門がさえぎった。

「盛り場がどうこうじゃない。己（おのれ）の生業（なりわい）をないがしろにして、客の恨みを買ったことが許せんと言っているんだ」

再びお妙に向き直って話が続く。

「なあ、あんた。伜がゴロツキどもにやられて怪我をしたと、うちの家内に知らせたのはあんただろう」

おけいは驚いた。仙太郎も顔を上げて隣を見たが、お妙は静かにうなずいた。

「人づてに聞いてご両親を心配させるよりは、こちらから怪我の具合をお知らせするべきだと思ったのです。失礼ながら、お父さまの久右衛門さんとは折り合いが悪いように聞いておりましたので、こっそり奥さまとだけお会いしました。その折に、息子さんが家を出られた事情は伺っています。有名な女髪結いさんのお弟子にしてもらうため、久右衛門さんはずいぶんと根回しに骨を折られたそうですね。お店者（たなもの）ではない廻り髪結いなら、たとえ変わり種に思われようと一人で食べてゆけるとお考えになったのでしょう」

「――ふん」

最後のくだりは聞こえないふりで、久右衛門は鼻を鳴らした。

「もうわかっているだろうが、うちの伜は男のなり損ないだ。呉服屋や小間物屋の跡取りならそれでも通用したかもしれんが、うちは鮮魚問屋と仲買をかねた荒仕事だ」

血の気の多い連中がひしめく売り場を仕切り、海千山千の浜方商人と仲買の間に立って商いをするには、彼らに気圧（けお）されないだけの根性骨が必要だ。仙太郎ではやっていけないことは、親なればこそわかっていた。

「だからあいつが家を出たいと言い出したとき、俺は賛成しない代わりに反対もしなかった。仕事は何だっていい。真面目に打ち込んでさえいれば十分だと思っている。俺が好かんのはあいつの性根だ。外では闊達（かったつ）な若い男としてふるまいながら、隠れて女の格好をする。大事な客をないがしろにして他人の茶屋にかかずらう。やることすべてが生半尺だ。おれは生半尺なやつが一番嫌いなんだ」

己の信条をぶちまけた久右衛門は、約束が守れなかった以上、もうあいつとは親でも子でもないと、本人を前にして息巻いた。

「――おっしゃることは、よくわかりました」

お妙がにこりともせずにうなずいた。

「それほど生半尺がお嫌いなら、今度こそ仙太郎さんに自分を全（まっと）うしてもらいましょう。三月三日の夜、〈くら姫〉で懐石料理のお披露目をすることになっています。その宴の席で、仙太郎さんには御殿女中の格好でお運びをしてもらいます。お招きしたお客さまがたが本物の女と信じて疑わなければ、それはもう生半尺ではないということです」

「む、むむ……」

久右衛門が渋い顔でうなった。

「これは久右衛門さんと私との賭（か）けです。最後まで男だと気づかれなかったときは、勘当を許していただきます」

「む、む、いや、待て」

押し切られそうになった久右衛門が踏み止まる。

「厚化粧の白塗りお化けで誤魔化しても意味はないぞ」

「白塗りお化けにはさせません」

む、む、む、と三たびうなった久右衛門は、結局、お披露目の宴に自分も出向いてくることを約束して帰っていった。

「大事なことを勝手に決めて、あなたに嫌な思いをさせてしまいましたね」

静かになった店蔵の座敷で、お妙が詫びた。

「いいえ。私のために、ありがとうございました」

二人の掛け合いを聞くばかりだった仙太郎が、ようやく口を開いた。

「でも、私は勘当されて当然の親不孝者です。父には芝雑魚場の総代としての顔がありますから、息子が女の格好をするなど、本当だったらとんでもないことなんです。それを思うと……」

「だからこそ、ですよ」

お妙が力を込めて言う。

「立派なお父さまだからこそ、あなたの本気を見ていただきましょう」

はい、と小さくうなずく仙太郎を、お妙が大きな声で叱咤した。

「そんな元気のない返事では困ります。お披露目の宴に向けて、女の所作とお運びの作法を体に叩きこまなくてはならないのですよ。久右衛門さんの言い草ではありませんが、私も生半尺は許しません。さっそく明日から稽古を始めますが、覚悟はいいですね」

「は、はいっ」

よろしくお願いいたします、と、仙太郎は畳に額がこすれるまで頭を下げたのだった。

◎

お披露目の当日は暖かな花曇りだった。暮れ六つの鐘が鳴り終わり、しだいに暗くなる町屋敷の前で、おけいは二丁の駕籠から降り立つ客人を出迎えた。

「遅くなった」

強面の湊屋久右衛門がひと言だけ発し、細面の奥方が頭を下げる。奥方の優しい面立ちは、息子の仙太郎と瓜ふたつだ。

「どうぞ、足もとにお気をつけください」

案内役のおけいは夫婦の先を歩いた。水路に架かる小橋の両端には火のついた瓦灯が並び、暗がりに揺れる小さなあかりの列は、客を日常から別世界へといざなう最初の演出になっている。黒塀と水路との隙間から生える柳の細枝を押し退けてくぐり戸を抜けると、庭の中にもあかりが点々と灯されていた。

「こうしてお庭の中に灯籠や行灯が置かれているのは風情がありますね、おまえさん」

「ふん、何が風情だか」

楽しそうな奥方とは反対に、久右衛門は枝垂れ桜と里桜の間に立ってケチをつけた。

「満開の桜の下での宴というから、どんな銘木かと思えば、どれもまだひょろひょろの若木じゃないか」

あからさまな難くせに、奥方が小声でたしなめる。

「開店して間もないお店の庭ですよ。仕方ないでしょう」

「奥さまのおっしゃるとおりです」

横で相槌を打ったのは、庭を作った佐助の親方にあたる井筒屋だった。今宵は客として招かれているのだ。

「桜は育つのが早うございますからね。これから五年、十年と経つうちに、見ごたえのある立派な木になりますよ」

「あら、それなら私もせいぜい長生きして見届けなくては」

そう言って笑うのは、台所を貸してくれた隣家の手習い師匠だ。心待ちにしていた桜を目の当たりにして嬉しそうである。

おけいが湊屋夫婦をいざない、先に到着した客たちが集まっている縁台に座らせると、すぐに盆を持ったおしのが現れた。

「お迎えのお茶でございます」

縁台に置かれた丸盆の上には、ほうじ茶と菓子がのっている。

「まあ、餡玉ですね。こんなに綺麗なのは初めて見るわ」

久右衛門の奥方が喜ぶのを見て、おしのの顔もほころんだ。

おしのが小伝馬町の番屋にいたころ、子供にも大人にも人気だった菓子が餡玉である。今回〈くら姫〉のために作った餡玉は、丸い餡と白い砂糖衣との間に塩漬けの桜の花が透けて見える特別なものだった。まだおしのの餡玉を食べていなかったお妙が、ぜひ三月の菓子として作ってもらいたいと、『桜』のお題とともに依頼していたのだ。

「志乃屋の〈桜玉〉でございます。小さいのでお食事の邪魔にはなりません」

夫婦が菓子をつまむ間に、おけいは改めて宴に招かれた顔ぶれを見まわした。

枯山水の前にいる一団は、〈くら姫〉に菓子を卸している旦那衆と、その奥方たちである。

盛んにしゃべって場を盛り上げているのが椿屋の夫婦。一人で縁台に座る水浅葱色の羽織を着た老人が吉祥堂の店主だ。まだ若い御室堂の夫婦は、この日のためにあつらえたという晴着を着込み、一番乗りで駆けつけた。

華やぐ人々から離れた庭の片隅に、ぽつんと立って蔵を見上げる男がいる。老舗料亭〈網代〉の店主・長次郎だ。

柳亭とは縁を切ったと言い放った長次郎を、今夜の宴に招くことを女店主に勧めたのはおけいだった。お妙が迷いながらしたためた招待の文を、おけいは自分の手で網代へ届けた。その場で返事はもらえなかったが、はたして長次郎は〈くら姫〉にやってきた。

じつはもう一人、ぜひとも招いてもらいたいと、おけいが女店主に頼んだ客がいる。蔵の壁ぎわに置かれた縁台で、その客人は味々堂の蝸牛斎とおもんに両肩を支えられて座っていた。華やかな場とそぐわない墨染めの衣に、顔まで覆い隠した白い頭巾――。偏照院の尼僧・善照尼である。辰三が世話になったばかりでなく、志乃屋に金柑の実を融通してくれた善照尼を招くことは、お妙も喜んで賛成してくれた。

（これで、役者がそろったはずだわ）

おけいは胸がどきどきした。お茶出しの手伝いを終えたおしのも含め、総勢十四人の客が宴の始まりを今か今かと待っている。これから何が起こるのか、おけい自身にも確かなことはわからない。ただ時が満ちたという予感だけがある。

最後に到着した湊屋夫婦が茶を飲みほしたころ、わずかな軋(きし)みをたてて蔵の扉が開いた。客たちが談笑をやめて顔を向けた先には、螺鈿(らでん)の笄(こうがい)を使って髪を結い上げた若い女が立っていた。

「大変お待たせいたしました。お蔵茶屋〈くら姫〉の宴の場へご案内いたします」

すらりと背の高い女だった。芭蕉の上に南国の鳥を刺繍した衣装をひるがえし、しとやかに歩きだす。その正体は仙太郎だったが、誰も不審に思った様子はない。両親の湊屋夫婦が目を丸くしただけだ。

仙太郎に続いて店蔵に入った客たちは、はっ、と息を呑んだあと、一斉にため息をついた。落胆ではなく、驚きと感動のため息だった。

「蔵の中で桜が咲いている」

「ああ、なんて、なんて見事な……」

「まるで歌舞伎の吉野山だ」

蔵は桜の花盛りだった。人の背丈より大きな桜の枝が、座敷の四隅に飴色の水瓶を据えて生けられていたのである。満開の桜の下で宴を行うというのは決して大げさではなかったのだと、客の誰もが納得した。

「どうぞみなさま、お上がりになって間近でご覧ください」

仙太郎にうながされ、客たちが桜の下へと吸い寄せられてゆく。土間に人がいなくなったころ、ようやく追いついた偏照院の尼僧も、おもんの手を借りて座敷へ上がった。

「お席の上にお名前を記した紙を置いてございますので、ご着席ください」

座敷には向かい合った席が右左に分かれて用意されており、おもんと善照尼だけが、人々から離れた階段の下にひっそりと落ちついた。今年に入って病状が思わしくない善照尼だったが、おもんが世話役を引き受けたことで、今夜の参会がかなったのである。

席についた客の前には、引き出しの付いた手箪笥がひとつずつ用意されていた。

「何だろうね。開けてみてもいいかな」

「だめですよ。ご店主の挨拶がまだでしょう」

椿屋夫婦の声がやむと、申し合わせたかのように座敷が静かになった。その静寂をついて、隅に置かれた衝立の向こうから、豪華な衣装に身をつつんだお妙が現れた。

お妙はいつもの髷に、金蒔絵の櫛と翡翠のかんざしを挿していた。白地の小袖には鹿の子絞りで五色の雲が描かれ、花弁に金糸銀糸を使った山桜の刺繍が施されている。

雛人形が飾られた床の間の前に、お妙は衣擦れの音をたてて座った。

「上座から失礼いたします。本日はお忙しいところ、お蔵茶屋〈くら姫〉にお集まりいただき、誠にありがとう存じます」

頭を下げたのはお妙だけではなかった。女店主の横に仙太郎も並び、そろって畳の上に両手をついた。

「今宵はお世話になった方々へお礼の気持ちも込めまして、ひと足早く懐石料理をご用意いたしました。のちほど忌憚のないご意見をお聞かせ願えれば幸いに存じます」

お妙の挨拶が続いている間に、女衆が手分けして小さな脚つきの膳を客の前に据えた。

頃を見計らって辰三が仕上げた温かい椀盛りと汁物を、手早くその上にのせてゆく。

「どうぞ、お食事をお始めください。お手もとの木箱は、小間物屋の手箪笥に見立てたものでございます。引き出しを取り出してお召し上がりください」

挨拶が終わるのを待ちかねて、客たちが手箪笥へ手を伸ばした。

「おや、もしかしてこれは花かんざしに見立てたのかな」

「それならこっちは玉かんざしでしょうね」

御室堂の店主が手にしているのは串に刺した里芋とイイダコで、女房が取り上げたのも、同じく串の先についたエビ団子だ。

「長細い田楽は笄のつもりでしょう。色合いもきれいなものだ」

井筒屋は三本の豆腐田楽に塗られた木の芽味噌、胡桃味噌、雲丹味噌を見比べて感心している。

そのほかにも、ふきのとうの天ぷら、桜鯛の焼き物、サヨリの昆布締め、サイマキエビの姿焼き。紅入れに見立てたハマグリの殻には、赤貝の酢味噌和えなど――。この日のために集められた季節の食材が、小さく、可愛らしく料理されて納まっているのだった。

いい歳をした大人が、引き出しの中から料理を取り出しては喜び、うまいうまいと舌鼓をうつ姿を見ていると、土間で控えているおけいまで嬉しくなってしまう。

「ご飯のお代わりもございますよ。遠慮なくお申しつけください」

酒器を提げて客の間をまわっていた仙太郎が、旦那衆に声をかけている。

「ちょっと、いいかね」

土間に近い席で静かに料理を味わっていた網代の店主が、酒を注いで立ち去ろうとする仙太郎を呼び止めた。

「料理人の手が空いたら話をしたいのだが」

うなずく仙太郎と視線を合わせ、おけいが蔵を走り出る。

台所からかけつけた辰三は、緊張した面持ちで長次郎の傍に膝をついた。

「辰三さん」

長次郎の声は、土間に戻ったおけいにもよく聞こえた。

「十年以上も板場から離れていて、よくこれだけのものを作った」

「ありがとう存じます。網代の旦那に褒めていただけるとは……」

感激する辰三に、長次郎は空になった引き出しを指して訊ねた。

「重箱の代わりに手箪笥を使おうと考えたのもあんたかね」

「いやそれは、俺なんかにはとても――」

手箪笥に料理を詰めようと思いついたのはお妙だった。


十日ばかり前のこと、女の姿でお運びをすることになった仙太郎のため、お妙は古手屋に売った芭蕉柄の着物を買い戻した。せっかくなので着物に合った笄も見繕ってやろうと、小間物屋が手箪笥から取り出す玉かんざしや洒落た笄を選んでいるうち、小間物に見立てた料理を手箪笥に詰めたら面白そうだと考えたわけだ。

螺鈿細工の笄を買った金一分は、仙太郎自身が支払った。

『もう一度、婆さまのところへ行きませんか。いつわりのない心で神さまにお願いして、今度こそたね銭を授けてもらいましょう』

おけいに誘われた仙太郎は、再び出直し神社を訪ねていた。先だっての半端な告白をうしろ戸の婆に詫び、これまでの人生を語り尽くしたうえで願をかけたのである。本当に変えたいのは運気などではない。生半尺な自分を変えたいのだと。すると――。

うしろ戸の婆が振った琵琶の中から、小さな一分金がこぼれ落ちたのだった。

そんな経緯と関わりのない長次郎は、同じ料理人として辰三の腕を褒めた。

「あんたは立派な料理人だ。これからもお妙さんを助けてやってくれ。もう、あちらのことは心配しなくていい」

「へ、へい」

涙を滲（にじ）ませた辰三が『あちら』と聞いて、階段の下を見たことにおけいは気づいた。

階段下の席にいるのは、おもんの肩に力なく寄りかかった善照尼だ。ご馳走に箸（はし）をつけることもなく、白い頭巾の下から女店主の動きを目で追っている。

やがて食事が一段落し、手箪笥と膳が下げられた客から順に、お妙の点（た）てた抹茶と菓子が配られた。

「どうぞ、お師匠さま。三月のお抹茶に合わせたお菓子は、吉祥堂さんの〈花衣（はなごろも）〉でございます」

差し出された折敷を見て、古希（こき）を過ぎている女師匠が少女のような声を上げた。

「まあ、可愛らしいこと」

花衣とは、薄紅色の外郎（ういろう）皮で白餡を包み、桜の花のように形を整えたもので、花見のころに作られる茶菓子のひとつだ。吉祥堂が今日のために用意したのは、白餡の中に少量の西京味噌を加えた特別な花衣だった。

「とても美味しいですよ。今宵の趣向にふさわしいうえに、志乃屋さんの〈桜玉〉と対になっているのですね」

「本当に吉祥堂さんの主菓子は見事です。私もまだまだ精進しなくては……」

吉祥堂の店主と向かい合って座る志乃屋の女店主も、〈桜衣〉の出来栄えを見て決意を新たにしたようだ。

座敷では抹茶の折敷が次々と客に届けられている。桜の枝の下で花見の茶を楽しみながら、すべての客が心づくしのもてなしを堪能したのだった。


どれほど楽しい宴にも終わりのときがくる。菓子屋の旦那衆はお妙に馳走の礼を述べ、隣近所や同業仲間に〈くら姫〉の懐石を売り込んでおくと約束して帰っていった。

蔵の外では湊屋の女房が、お妙と最後の挨拶を交わしていた。

「本日は素晴らしい宴にお招きいただきまして、ありがとうございました。どうかこれからも息子をよろしくお願いいたします」

「お願いするのは私のほうでございます。仙太郎さんには助けていただくことばかりですから」

和やかに話す女たちの傍で、御殿女中姿の仙太郎が笑みを浮かべている。

賭けに敗れた久右衛門は、ひとり離れたところにいる。結局、初対面で仙太郎が男だと見破った客はいなかった。あまつさえ酒の入った旦那衆から熱い視線を浴びる始末だ。

「おいっ、駕籠がきたぞ」

おしゃべりを続けている女房を呼びつけると、くぐり戸を開けるおけいの頭上に、大きな鼻息をひっかけて出て行った。

「では、私もこれで失礼いたします」

染井村から来た井筒屋は、大伝馬町の妹夫婦の家に泊まるからと、夜道を歩いて立ち去った。続いておしのが帰ってゆくと、店蔵は急に静かになった。

「お嬢さま。善照尼さまがご挨拶を」

最後に残った尼僧のもとへ、お妙が急いで走りよった。

「お加減はいかがですか。お食事もほとんど召し上がっておられなかったそうですが」

気づかわしげな女店主に、尼僧は頭巾に覆われた顔を伏せ、消えそうな声で詫びた。

「申し訳ございません。せっかくお招きをいただきながら……」

とんでもない、と、お妙はかぶりを振った。

「うちの辰三が大変お世話になったと聞いております。またいつでもお加減のよろしいときにいらしてください」

返事はなかった。墨染めの衣の袖から覗く指先が震えているのを見たお妙は、痩せた手を自分の白い手で優しく包み込んだ。すると、

「お、おお、おお……」

嗚咽（おえつ）かと思われた声が、苦しげな呻（うめ）きへと変わり、尼僧が膝を折って崩れ落ちた。

「あっ、もし、善照尼さま！」

「どうしたっ」

成り行きを見守っていたおけいより早く、その場に駆けつけた者がいた。網代の長次郎である。

「だから無理はいけないとあれほど言ったのに」

長次郎はためらうことなく尼僧を抱きかかえた。

「誰か、医者を呼んでくれ。蔵前の源庵先生をっ」

「――いいえ、結構です」

走り出そうとするおけいを止めたのは、ほかでもない尼僧自身だった。

「もう、医者など……ここから出して、ください」

切れ切れだが、意思は明らかだった。

「善照尼さま、無理に動かずとも、ここで横になってくださいな。いま夜具を運ばせますから」

お妙の申し出に、苦しげな尼僧は手を払う仕草をみせた。

「いいえ、蔵から出してください。頼みます」

素人目にも容態は悪かった。肩で息をするとはこういうことなのだとおけいは思ったが、本人は蔵で横になることを拒んだ。

「お願い……ここでは死ねない。この蔵で、本当の死人を出すなんて……。せっかく、お妙ちゃんが」

親しげな呼び方に、お妙がはっと息を呑む。

「ま、まさか。でも、そんなはずが……」

長次郎に抱えられた善照尼が、震える指先で自分の頭巾に手を伸ばそうとしている。

素顔を見せたいのだと察したおけいは、素早く人々の脇をすり抜けて、尼僧の白い頭巾に手をかけた。

「ああっ！」

頭巾が外れた途端、お妙が叫んだ。そのまま二の句が継げずにいたが、やがて震える声が唇からこぼれ出した。

「どうして、どうして、お継母さまが……」

頭巾の下から現れたのは、十三年前に亡くなったはずの継母・お冨士の顔だった。


お冨士の枕もとには、実弟である網代の長次郎が座していた。足もとには辰三とおもんがかしこまり、蝸牛斎と仙太郎は次の間で控えている。おけいはまだ動揺がおさまらないお妙に付きそい、病人の布団の横に座ることを許された。

昧々堂の座敷に居合わせた者たちは、長次郎が口を開くのを待っていた。以前から善照尼とお妙の話し方が似ていることに気づいていたおけいでさえ、柳亭の蔵に秘められた真実を知っているわけではない。

「姉のお冨士は、何年も前から心の臓を患っていた。遠出などできない身体だったんだ」

おもむろに長次郎が話しだした。

「それなのに、〈くら姫〉の宴に招かれると、ひと目だけでもお妙ちゃんの顔が見たいと言い出した。もう長くないことは本人も承知している。最後の願いだと言われては、止めるわけにもいかなかった」

寺男として自分に仕えていた辰三を、お妙のもとへやったのもお冨士だったという。

「すまねぇ、お嬢さん。騙すようなことをしちまって」

辰三は畳に額をこすりつけた。

「でも、善照尼さまが――お冨士さまが手を貸してやれと。お嬢さんが料理人を探しているなら、何もしてやれない自分の代わりに助けてやってくれとお頼みになるもので……」

「待って、少し待ってください」

お妙は珍しく混乱していた。

「私にはわかりません。そもそも、なぜお継母さまは死んだことになっていたのですか。火事から逃げ延びたというのなら、どうしてそれを隠したまま、仏門に入ってしまわれたのですか」

もっともな疑問に、網代の店主は困った顔を柳亭の奉公人たちへ向けた。おもんと辰三は視線で譲りあっていたが、そのうちあきらめたようにおもんがため息をついた。

「やっぱり、あたしが話すしかないのでしょうね。旦那さまがたのなさることを、ずっと近くで見ていたんですから」

柳亭の元女中頭は、ようやく牡蠣のように堅い口を開いた。

「ことの起こりは、半兵衛さまが大旦那さまの猛反対を押し切って百合さまを連れてきたことです。あれが百合さまにとって不幸の始まりでした」

浪人の娘だった百合を舅の半翁が気に入らなかった話は、おけいも知っている。内気で、おとなしくて、理不尽なことを言われても泣くばかりの弱い性分を嫌ったことも。

「武家の娘さんですから礼儀は心得てらっしゃいましたし、浮世絵から抜け出たような美人でした。ただ料理屋の女将として通用するご気性でなかったのが惜しまれます」

初孫のお妙が生まれても半翁の嫁いびりは続いた。百合の身体に不具合が生じはじめたのは、それから間もなくのことだった。

「頭痛やら眩暈やらで寝こむ日が多くなったんです。お医者さまは産後で血の道が滞っているのだとおっしゃいましたが、お薬を飲んでもよくなりません。むしろ元気がなくなる一方で……」

美しい顔から喜怒哀楽の表情が失せ、何日も床から出られない日が続くのを見た半翁は、家の中が辛気臭くなるから蔵で養生させろと息子に命じた。

「陽の当たらない蔵へ連れて行かれて、百合さまのご病気はますます悪くなりました。一人で意味のないことを言い続けたり、いきなり泣きだしたり、たがの外れた笑い声を上げたり――。お医者さまは重い心気の病だと見立てて薬を処方してくれましたが……」

それきり医者が呼ばれることはなかった。

半翁は百合のいる座敷を格子でふさいで錠をおろし、外へ出られないようにしたうえで、世話をするおもん以外は誰も蔵に近寄るなと命じた。そして一年が過ぎたころ、またしても半翁がとんでもないことを言い出した。

——明日、あの女の葬式を出そうと思う。

隠居部屋に呼び出された半兵衛も、百合に食事を届けてきたばかりのおもんも、初めはたちの悪い冗談かと思った。しかし半翁は大真面目だった。

百合が正気にもどる見込みはないが、病人を追い出すのは世間体が悪い。柳亭にまともな女将がいないのも困る。早い話が百合は死んだことにして、息子に新しい嫁を取らせようというのだ。これには温厚な半兵衛も声を荒らげて父親をなじった。

——ではどうする。あの意気地なしを追い出そうか。

身よりのない病人がひとりで生きてゆけるはずがない。半兵衛が答えられないとみて、半翁はにやりと笑った。

——心配するな。悪いようにはしない。

はたして筋書きどおりに百合の葬儀がいとなまれ、半年も経たないうちに、網代からお冨士が嫁いできたのだった。

「当時のことは、よく覚えている」

おもんの話を継いだのは、網代の長次郎だった。

「大年増になっても嫁にいこうとしなかった姉が、半兵衛さんとの話には乗り気だった。せめて前妻さまの一周忌が終わってからにしろと親父は言ったのだが、姉はせわしなく嫁いでいった」

まさか前妻が蔵の中で生きていようとは、先代も長次郎も知る由がなかった。

「でも、姉は幸せそうだった。夫の半兵衛さんが優しいのはもちろん、奉公人たちも『女将さん』と呼んで守り立ててくれる。なにより前妻さまの残していった娘が可愛い。こんなに子供が可愛いものだとは知らなかったと、すぐに文を書いてよこしたくらいだ」

傍で聞いていたお妙もうなずいた。

「お継母さまは、実の娘のように私を可愛がってくださいました。あのころは毎日が幸せだった。でも、まさか、私が笑っているすぐ傍らに実の母が閉じ込められていたなんて……」

お妙の声は震えていた。

「あの日、私が一度きり見た美しい蔵の鬼は――」

行灯のあかりしかない夜の座敷でも、美しい頬に流れる涙を推し量ることはできる。おけいは冷え切ったお妙の白い手を強く握りしめた。

「ここまできたら、最後までお話しするべきでしょうね」

再びおもんが口を開いた。

「百合さまを蔵に閉じ込めたまま年月が流れました。お嬢さまもご成長なさって、もうお蔵の鬼の話は通用しません。お供えと称して朝晩のお食事を運んでいることにも疑いを抱くだろうと、旦那さまたちは頭を悩ませておられました」

そこで半翁が思いついたのが、お妙を御殿奉公に出すことだった。奉公先のお屋敷に入ってしまえば三年は宿下がりを許されない。その間に百合のことはどうにでもなると考えたのだ。

柳亭が江戸一番の料理屋になることだけを夢見た半翁だったが、お妙が家を出た翌年にあっけなく亡くなった。策士を失った半兵衛は、百合をどうすることもできないまま惨劇の日を迎えることになった。

「あの日は店が休みで、百合さまのお世話も女将さんが引き受けてくださいました。あたしは自分の部屋でゆっくりして、店に残っていた辰三さんと宵の口から飲みはじめました。それから一刻ばかり経ったころです」

静かだった屋敷の中に大きな音が響き渡った。誰かが言い争う声も聞こえた気がして、ほろ酔い加減のおもんは顔を上げた。

『何かしらね。奥には旦那さまと女将さんしかいないはずだけど』

『あのお二人が夫婦喧嘩とは珍しいな』

事態はそれほど気楽なものではなく、続いて絹を裂くような悲鳴が上がった。

『女将さんっ』

手にした猪口（ちょこ）を投げ捨て、辰三が店の奥へと走り出した。おもんは盗賊かと思って身をすくませていたが、たがの外れた笑い声を聞くと、慌ててあとを追いかけた。

客座敷の裏には半兵衛の家族が暮らす一角がある。そこでおもんが見たのは、居間の隅に転がって呻く店主の姿だった。

『なんてことを……。旦那さまっ』

半兵衛は肩から背にかけてざっくり切り裂かれ、おびただしい血を流しながらも顔を上げた。

『お、おもん。早く、あれを、あれを止めなければ。お冨士が……』

隣の仏間から再び悲鳴が上がった。助けを求める声に、おもんは怖さも忘れて仏間へ飛び込もうとした。

『きゃっ』

飛び出てきた辰三と激しくぶつかった。見れば辰三は胸にお冨士を抱えていた。

『女将さんを頼む。――早く！』

放心しているお冨士を押しつけて辰三が倒れ込んだ。右足のふくらはぎからは血が流れ出していた。

『どうして、あの人が……』

お冨士を託されたまま動けないおもんの前に、ゆらりと白い人影が現れた。すべらかした白髪、桜襲（さくらがさね）の白い上衣、白い足袋（たび）、十年以上の歳月を陽に当たることなく過ごした白い肌——。

『百合さま……』

白い頬に返り血をあびた百合は、その手に庭用の草刈り鎌を握っていた。身の毛もよだつ眺めだったが、もっと恐ろしいことに、倒れた行灯の火が燃え移り、座布団を焼きはじめていた。

『よこしなさい』

立ち込める煙の中で、鎌を持つ手がすいと上がった。

『その女を、わらわによこすのです』

本来の口ぶりではない。心の病が重くなった百合は、高家の姫のような言葉を使った。

『早うこちらへ。そやつは、わらわの大事なものを奪った憎い盗人じゃ』

一歩前へ白い足袋が踏み出し、おもんがお冨士を抱えて一歩下がる。今すぐ逃げなくてはいけないとわかっているが、足がすくんで思うように動けない。

『ほう、わらわに逆らうか。下郎の分際で』

『——!』

からからと可笑しそうに声を上げて笑い、百合が鎌を振りかざして飛びかかった。

おもんはお冨士を抱いたまま目を瞑った。しかし、鎌の刃は自分に届かない。こわごわ目を開けて見ると、誰かが背後から百合を羽交締めにしていた。

『だ、旦那さま——』

『逃げなさい』

瀕死の怪我を負いながら、半兵衛は百合の動きを封じていた。

『さあ早く、お冨士を連れて逃げてくれ』

夫の腕の中では、百合が鎌を握ったまま、必死に手足を動かしてもがいている。

『えい離せ。おのれ半翁、この期に及んでまだわらわを愚弄するか！』

錯乱した百合の目には、十余年の年月を経た半兵衛が、自分をいじめ抜いた舅と重なって見えるのだ。

『早く行けっ』

半兵衛の一喝でおもんの足が動いた。お冨士を引きずるように走り、廊下の角を曲がる手前で後ろを振り返った。

黒い煙の向こうでは、もがき暴れる百合を羽交締めにした半兵衛が、炎の上がる仏間へと消えてゆくところだった。

『すまない、百合。私が悪かった。私に意気地がないばかりに――』

何度も繰り返す半兵衛の声を背中で聞きながら、おもんは店の勝手口まで辿り着き、お冨士を残して再び奥へ引き返した。途中の廊下を這っていた辰三を助け、もう一度奥へ行こうとしたが、辰三に止められてしまった。

『いけねぇ。もう仏間は火の海で、近寄れたものじゃない』

鎌で切られた足を手拭いで縛り、辰三が立ち上がった。

『ここもじきに火がまわる。今のうちに女将さんを外へ』

『待って！』

それまで放心していたお冨士が、弾かれたように顔を上げた。

『待ってちょうだい。考えなければ……。もし、火事の跡から遺骸がふたつ出てきたら、何と言い訳すればいいのか』

はっと、おもんと辰三は顔を見合わせた。自分たちは百合が蔵の中に閉じ込められていたことを知っている。しかし世間的には、柳亭の前妻はとうに故人となっているのだ。

『お役人が調べたら、すべて明るみになってしまうかもしれない。正気を失った百合さまを飼い殺しにして、私が後妻におさまったことも、百合さまが私を殺そうとして火事になったことまで。そんなことが知れたら、お妙ちゃんは私をどう思うでしょう。お妙ちゃんの将来はどうなってしまうのでしょう』

どうすればいいのか、奉公人の二人にはわからなかった。

店の入口まで煙が立ち込め、すぐ近くで半鐘が鳴っていた。

「結局あたしらは、女将さんの考えたとおりに動きました。まず裏口からこっそり女将さんを連れ出して、ご実家の網代までお送りしました。先代と跡継ぎの長次郎さんにすべてを打ち明け、お力を貸していただくことにしたんです」

焼け跡で見つかった遺骸は、逃げ遅れた半兵衛とお冨士ということで落ちついた。混乱の中で何があったかを知っているのはおもんと辰三だけだったが、奉公人のなかには、蔵に誰かが閉じ込められていると勘づいている者もいた。

「口止めの意味も含めて、柳亭の奉公人たちには、網代の先代がよい働き口を世話してくださいました」

　おもんは骨董屋の味々堂を紹介され、のちに蝸牛斎の妻となった。料理人の辰三は網代の板場に入るよう勧められたが、足の怪我が癒えると、谷中の偏照院で寺男となることを望んだ。

　偏照院には尼僧に身をやつしたお冨士がかくまわれていた。つてを頼った仮住まいだったが、そのまま得度して善照尼の僧号を名乗ることになった。

「頭巾で顔を隠したお冨士さまは、折にふれて柳亭の蔵が見える裏通りで経を読まれていました。小石川にある菩提寺へは、身体を壊すまで毎日のように通われたそうです」

　今その菩提寺には、嫁として認められなかった百合が、半兵衛と一緒に眠っている。

「で、でも」

　痛ましい話を聞かされたお妙が、喉にからんだ声を出した。

「お継母さまは何も知らなかったのだと思います。あれほど賢い人が、前妻のいる家に嫁いだりするわけがありません。きっと何も知らないまま柳亭に来てしまって――」

　自分が育てた娘の声が聞こえたのか、静かに横たわっていたお冨士が夜具の下で手を動かした。お妙がその手を取ると、紫色の唇が震え、蚕が絹糸を吐き出すように細い言葉をつむいだ。

「ごめん……。お妙ちゃん、ごめんなさい」

かすかな声は、静まりかえる座敷に沁み入った。

「知っていたの。百合さまが、どんなご病気かも、お蔵の中にいらっしゃることも。何もかも半翁さまから聞いて、承知したうえで柳亭にきたの」

苦しげな息づかいだった。しかし、その告白が終わらないうちは、お冨士が心の安らぎを得られないことを、座敷にいる人々は察していた。

「私は、半兵衛さんが、好きだった。あの人が、網代で修業しているころに、憧れて、焦がれて。でも、私は、ほんの小娘で……。百合さまを、迎えられたと聞いても、あきらめきれなかった」

縁談をすべて退けて実家にいた。そんなお冨士のもとを訪ねたのが半翁だった。

「百合さまは、死んだことにするから、柳亭へきてくれって。私は、喜んで、半翁さまの誘いに乗った」

後ろめたさを隠すように、お冨士は柳亭の女将としても、幼いお妙の母親としても懸命に務めた。そんなお冨士を、半翁は申し分ない嫁だと褒めちぎった。

「半翁さまと、私は、気が合ったの。どちらも、ずる賢くて、欲しいもののためには手段を選ばない、似た者同士……」

思えば惨劇の土壇場でさえも、お冨士は策士として知恵を巡らせたのだった。

「たったひとつ、私の手抜かりは、お蔵の鍵を閉め忘れたこと。あれさえなければ、きっと今も……」

「お継母さま！」

たまらずお妙がさえぎった。

「お蔵は新しく生まれ変わりました。また一緒に暮らしましょう。母と娘としてやり直しましょう」

お富士の青白い顔に、微(かす)かに笑みが浮かんだ。

「ありがとう。でも、行かなければ。百合さまに、お詫びを……」

病人は静かな眠りにつき、再び目を覚ますことはなかった。

◉

宴の翌日は雲ひとつない晴天に恵まれた。

普段にも増して大勢の客が出入りする前庭で、おけいは楽しげなおしゃべりに耳を傾けていた。

「珍しいわね、あなたがほうじ茶の折敷を注文するなんて」

「だって志乃屋の〈桜玉〉が美味しそうなんですもの。抹茶の折敷は次にするわ」

「あたし、お煎茶の落雁と有平糖を懐紙(かいし)に包んじゃった。〈くら姫〉だけの限定品だからって、妹にねだられたのよ」

常連の三人娘は今日も元気だ。きゃあきゃあ騒ぎながら里桜の下でたわむれている。

「驚きましたねぇ。あんなに大きな桜の枝が生けてあるなんて。床から生えているのかと思いましたよ」

「ああ、そうだったかな」

続いて店から出てきた老夫婦の奥方が、どこか上の空の亭主を横目でにらんだ。

「あなたは、新しいお運びのお嬢さんを眺めるのに夢中でしたものね」

「い、いやいや、そんなことは……」

慌てる亭主に、半白髪の奥方は鷹揚(おうよう)に笑ってみせる。

「確かに華のある方でした。お背が高くていらっしゃるから、大きな柄の衣装がよくお似合いで、私も見とれてしまいましたよ」

旦那衆ばかりか女客の羨望まで集めているのは仙太郎だった。奉公人を束ね、御殿女中の衣装を着て働く姿は、水を得た魚のように生き生きとしている。

魚といえば、朝一番に芝雑魚場から新鮮な鯛が届けられた。贈り主は湊屋久右衛門である。昨夜の礼だというが、おけいには桜色にきらきら光る鯛が、息子の門出を祝っているようにも見えた。

お富士のことで気落ちしていた辰三も、立派な鯛を見て元気を取り戻したようだ。今夜は鯛尽くしの料理を作ってみなに食べさせるのだと張り切っている。

おもんは昼過ぎに谷中へ出かけた。世間的にはとうの昔に死んだお富士を、今ごろは尼僧の善照尼として送っているはずだ。

（これで何もかも始末がついたということかしら）

客足が落ちついた夕暮れどきの庭でおけいは考えた。今や〈くら姫〉は江戸で知らぬ者のない人気茶屋だ。この調子でゆけば、お妙は一年を待たずに出直し神社のたね銭を倍にして返すかもしれない。

（わたしは、どうすればいいのだろう）

今朝もお妙は、このまま傍にいてほしいとおけいに言ってくれた。でも、〈くら姫〉には仙太郎がいる。女店主の頼もしい右腕として。

もの思いにふけるおけいの蝶々髷が、後ろから軽く叩かれた。誰かと思って振り返れば、背の高い男が歯を見せて笑っている。

「ぼんやりしてどうしたんだい」

「佐助さん……！」

植木職人の男に会うのは久しぶりだった。

「佐助さんこそ、その格好はどうなさったんですか」

庭仕事のときには洗いざらしの着物を尻端折り（しりはしょり）している男が、珍しく粋なよろけ縞（じま）を着流し、真新しい下駄を履いている。

「今日は茶を飲みに来た。本当は俺も昨夜のお招きにあずかっていたんだけど、親方と相談して遠慮させてもらったんだ」

ひとかどの旦那衆が集まる宴の席に、自分のような若造が顔を出すのはおこがましい——。そう返事をしたところ、代わりとして昼間の茶屋に招かれたのだという。

「そうだったんですね」

佐助が客として来るとは思わなかったおけいは、嬉しくなって跳び上がった。

「ではご案内します。八つどきのお客さまがお帰りになって、お席が空いたところです」

浮き立つ心のまま、男の腕をつかんで引っ張る小娘に、佐助が声を上げて笑う。

「その前に紹介させてくれ。おーい、こっちへ来いよ、おちか」

庭の里桜を見上げていた娘が、笑顔で男のもとへ駆けつけた。

とっさにつかんでいた腕を離したおけいの前で、さも愛おしそうに娘を見ながら佐助が言った。

「こいつはおちかといって、うちの親方の姪っ子なんだ。延び延びになっていたんだが、今月中に祝言を挙げることになった」

ぐらり、と地面が大きく揺れた気がして、おけいは思わず両足を踏ん張った。

「はじめまして。佐助さんがお庭のことでお世話になったと伺っております」

おちかは巫女の格好をした娘に向かって、ていねいにお辞儀をした。歳は二十くらい。桜小紋がよく似合う器量よしだ。

「あら、佐助さん、ようやくお着きですか。どうぞお入りくださいな」

前もって女店主から知らされていたのだろう。扉の中から仙太郎が手招きしている。

「じゃあ、行こうか」

佐助とおちかは仲睦まじく店蔵へと去り、おけいだけがその場に残された。

（そうか、そうだったのね……）

心にぽっかりと穴が開いたようで、おけいは立ちつくした。

佐助が選んだおちかはきれいな娘だ。でも、それだけではない。屈託のない笑顔が人柄のよさを物語っていた。親方の姪というからには、植木職人のおかみさんとしての心得もあるのだろう。

（とても、お似合いだわ）

おけいはうつむきかけた顔をぐっと上げた。目の前には西日に照り映える白壁の蔵がある。不思議なことに、閉めたはずの二階の窓が開いていた。昨年の秋から寝起きしている物置の窓だ。

あっ、とおけいが小さく叫んだ。誰もいないはずの窓から、ひらり、またひらりと、花びらが降ってくるではないか。

薄紅色の花びらは、蔵の中から次々にこぼれ出したかと思うと、湧き起こるつむじ風に乗って大空へ舞い上がった。そして地上に落ちることなく空の高みに消えてしまった。

おけいは悟った。古蔵に押し込められていたさまざまなものが、今ようやく解き放たれたのだ。

『あっぽぉー』

懐かしい鳴き声に顔を上げると、いつからそこにいたのか、蔵の屋根に止まった閑古鳥(かんこどり)がこちらを見下ろしている。その黒々と澄んだ瞳の優しさが、うしろ戸の婆の左目にそっくりだと気づいて、おけいは我知らずのうちに微笑んでいた。

「帰ろう、閑九郎。きっと婆さまがお待ちかねよ」

おけいの言葉を聞きわけたか、閑古鳥が真っ黒な翼を広げて飛びたった。

桜色に染まる夕焼け空の下、巫女の格好をした小柄な娘も、下谷の出直し神社へと歩み去っていった。

解説

吉田伸子

櫻部さんはもしかしたら金脈を見つけられたのかも。本書を読み終わった時、真っ先に思ったことだ。

櫻部さんは第七回角川春樹小説賞を受賞した『シンデレラの告白』でデビューされた。誰もが知っているであろうお伽話＝シンデレラを、ミステリに仕上げるという力作だったのだが、特筆すべきは、巷間知られているシンデレラに辛くあたる意地悪な継母と二人の姉を、美貌の寡婦と醜女だけれども心優しい姉妹、とキャラ変させたこと。シンデレラは、虐められない（！）のである。え？　じゃあ、一体どうなるの、と思われた方は、ぜひ実際に読んでみてください。

受賞後第一作『フェルメールの街』は、実在人物であるフェルメールを主人公にしたミステリで、こちらもまた「シンデレラ」同様に、櫻部さんの想像力・創造力が存分に発揮された作品だった。

この「シンデレラ」と「フェルメール」路線（お伽話や実在人物をベースに換骨奪胎して物語を構築する）で、以降も書き継いでいかれるのかな、と思っていたのだが、三作め『ひゃくめ　はり医者安眠　夢草紙』では一転。江戸時代を舞台に、不眠を訴える大店のお嬢と、不眠に効く鍼を得意とすることから「安眠先生」と呼ばれている鍼医者を軸にした時代小説だった。時代小説は、いつの時代も常に一定のファンがいるジャンルではあるが、それだけに〝新味〟で勝負する難しさ、がある。けれど、敢えて三作めに時代小説を書かれたところに、櫻部さんの意欲があらわれている、と思う。

そして、四作めの本書である。時代は三作め同様の江戸時代。仕事を求めて、足繁く通っていた神田の口入れ屋の親爺から、主人公のおけいが、「まったく、あんたも間の悪いお人だ」と嘆かれる場面から物語は始まる。

親爺いわく、ほんの数日前までは下働きを探しているお店がいくつもあったというのに、おけいが来た日から「ぱったり絶えて」しまったのだという。店先の売り子だったら引く手はあるのだが、と口を濁す親爺にみなまで言われる前に、おけいは「――わかりました」と了解する。自身の容姿が、店先に置いても、客寄せにはならないことをおけい自身がよくわかっているからだ。容姿だけではない。十六歳にしては低すぎる背のことも、おけいはわかっている。

あと一軒だけ別の口入れ屋をあたったら、早めに今夜のねぐらを見つけたほうがいいかも、と算段しているおけいの頭の上で、カラスのような鳥が飛び立った。見ると、一枚の紙が舞っている。その紙の文面にあったのは、「手伝いを求む。〈出直し神社〉――」。

紙を拾うおけいの様子をうかがっていた鳥は、よく見るとカラスより小ぶりで、両目の上だけが眉毛のように白い。まさかこの鳥が？　と思い、話しかけたおけいは、その鳥に導かれるようにして、笹藪の小道の先にある神社のやしろに辿り着く。この神社が出直し神社だろうか。逡巡するおけいに、鳥居の向こうの老婆から声がかかる。「いつまで突っ立っているつもりだい。さっさと中へお入り」と。促されるままに階段を上がったおけいは、そこで〈御祭神・貧乏神〉と書かれた額を目にする。ここは出直し神社ではないのですか、と訝るおけいに、老婆は笑って答える。出直し神社で間違いない、と。「たいがいの連中は貧乏神社だと思っているがね」。

おけいを社殿に招じ入れた老婆は、おけいがこの神社までやって来た経緯を尋ねる。カラスのような鳥を追って辿り着いた、と答えるおけいに、「おまえを案内したのは閑古鳥。いわゆる貧乏神のお使いさね。この出直し神社では、貧乏神をお祀りしているのだよ」。閑古鳥が落とした紙に書きつけたのは老婆で、長らく一人でおやしろを守って来たが、歳をとってしまい、気の利いた手伝いが欲しくなったのだ、と。老婆は言う。「では、おけい。おまえが十六年の人生をどのように過ごしてきたのか、この婆に聞かせておくれ」。

このおけいの人生というのが、文字通り、貧乏神に取り憑かれているかのようだった。裕福な村役人の妾腹に生まれたおけいは、生まれてすぐに里子に出される。八歳までは里親に大事に育てられたものの、その里親は二人とも流行り病で若死に。以後、おけいが奉公する先々では、不運と不幸のてんこ盛り。けれど、おけいはどの奉公先でも懸命に働いて来た。小柄で無器量なことを埋め合わせるかのように。そんなおけいは貧乏神に相応しい娘だ、出直し神社に来たのは良い巡り合わせだ、と歓迎する老婆＝うしろ戸の婆。

この神社、由来が由来だけに氏子はいない。参拝客のほかに一人から数人のお客がやって来て、うしろ戸の婆に打ち明け話をする。その話を聞いた婆が、穴の開いた琵琶を振って、そこから転がり出た銭を客に授ける。この銭が「たね銭」で、商いを始める元手となる縁起の良いお金となる。たね銭を借りた客は、一年後に元手の倍の額を返す、という仕組み。

第一話で婆のもとにやって来たのは、紺屋町の古蔵を買い取って「くら姫」というお蔵茶屋を営んでいるお妙。商いの仕方を間違えたため、まだ資金が残っているうちにといったんは閉店。仕切り直しに、と婆のもとへやって来たのだ。このお妙が、婆とともに、おけいの人生を変えていくキーパーソン。通常、琵琶から転がり出るのはほぼ一文銭だったのに、お妙には、なんと八両もの大枚が出たのである。おまけに、おけいを「相談相手」として貸してやろう、と婆。おけいには別途婆からの指示もあった。これからおけいが向かう古蔵に押し込められているさまざまなものすべてを、解き放ってから帰ってくるのだよ、と。

ここから、おけいの「くら姫」での日々が描かれる。果たして、おけいは、婆の指示を全うできるのか、また、一度は見限られたお蔵茶屋「くら姫」の再建はなるのか。お妙はかつて御殿女中を務めていた美貌の女性。そのお妙がなぜ、女手一つでお蔵茶屋を営むことになったのか、お妙の家族はどうしたのか。物語が進むにつれ明かされていく事実。やがて、張り巡らされた伏線は物語の終盤で、回収されていく。そして、辿り着いた真実とは。

そう、本書は単なる時代小説ではない。櫻部さんの前三作同様に、ミステリでもあるのだ。その謎と謎解きが、「出直し神社」という設定とヒロインのおけいの魅力とあいまって、絶妙な塩梅で読ませるのである。

何よりも、おけいのキャラがね、本当に良いのです。冒頭で彼女が無器量なことが明かされていますが、読んでいるうちに、おけいの容姿は全く気にならなくなるばかりか、ようやく、ようやく自分の居場所を得たおけいが、なんとかお妙と「くら姫」の一助になろう、婆さまからの指示を遂行しよう、と奮闘するその姿が、愛しくなってくるんです。おけいの幸せを願うようになる。

他にも、読みどころは盛りだくさん。お蔵茶屋である「くら姫」でお出しする、抹茶、煎茶、ほうじ茶それぞれに合わせる茶菓子選びの場面など、和菓子好きにはたまりません！　和菓子に興味がなくても、読めばきっと熱いお茶とお茶菓子が欲しくなるはず。

もちろん、そうしたほんわか要素だけではない。お妙の実の母と継母を巡るドラマは、ぎゅっと切ないばかりか、人の心の危うさや哀しさをも秘めているし、「くら姫」の庭を彩る植栽にまつわる職人の話にも、それはあらわれている。廻り髪結いの仙太郎のドラマには、今日的な問題も絡ませてあって、本書自体が、極上の和菓子のように、滋味深く味わえるのだ。

これはもう、シリーズ化決定、ではないでしょうか。いや、シリーズ化どころかドラマ化、映画化もあるかも。冒頭に書いた金脈、とはそれらも含めての感想だ。なにより、十六歳のおけいが、これからどんなふうに歳を重ねていくのか、それが読みたいのだ。何やら謎めいた、うしろ戸の婆の来し方も知りたい。読み終わった途端、次作が読みたくなること、請け合います！

（よしだ・のぶこ／書評家）

本書は、ハルキ文庫のために書き下ろされた作品です。

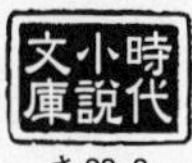

さ 23-3

くら姫 出直し神社たね銭貸し

著者 櫻部由美子

2021年4月18日第一刷発行
2021年12月8日第三刷発行

発行者 角川春樹

発行所 株式会社 角川春樹事務所
〒102-0074 東京都千代田区九段南2-1-30 イタリア文化会館

電話 03(3263)5247[編集] 03(3263)5881[営業]

印刷・製本 中央精版印刷株式会社

フォーマット・デザイン&シンボルマーク 芦澤泰偉

ISBN978-4-7584-4398-2 C0193

http://www.kadokawaharuki.co.jp/[営業]
fanmail@kadokawaharuki.co.jp[編集] ご意見・ご感想をお寄せください。